世界经典童话小说书系

U0721640

渔翁的故事

著者 / 费利克斯·萨尔腾 等　编译 / 潘太玲 等

吉林出版集团股份有限公司 | 全国百佳图书出版单位

图书在版编目（CIP）数据

渔翁的故事／（奥）费利克斯·萨尔腾等著；潘太玲等编译.
-- 长春：吉林出版集团股份有限公司，2016.12
（世界经典童话小说书系）
ISBN 978-7-5581-2139-5

Ⅰ.①渔… Ⅱ.①费… ②潘… Ⅲ.①儿童故事－作
品集－世界 Ⅳ.①I18

中国版本图书馆CIP数据核字（2017）第065089号

渔翁的故事

YUWENG DE GUSHI

著　　者　费利克斯·萨尔腾 等
编　　译　潘太玲 等
责任编辑　赵黎黎
封面设计　张　娜
开　　本　16
字　　数　50千字
印　　张　8
定　　价　29.80元
版　　次　2017年8月　第1版
印　　次　2020年10月　第4次印刷
印　　刷　三河市嵩川印刷有限公司
出　　版　吉林出版集团股份有限公司
发　　行　吉林出版集团股份有限公司
地　　址　长春市绿园区泰来街1825号
电　　话　总编办：0431-88029858
　　　　　发行部：0431-88029836
邮　　编　130011
书　　号　ISBN 978-7-5581-2139-5

儿童自然单纯，本性无邪，爱默生说："儿童是永恒的弥赛亚，他降临到堕落的人间，就是为了引导人们返回天堂。"人们总是期待着保留这份童真，这份无邪本性。

每一个儿童都充满着求知的欲望，对于各种新奇的事物，都有着一种强烈的好奇心，这样在成长的过程中就不可避免地被好的或坏的事物所影响。教育的问题总是让每个父母伤透了脑筋，生怕孩子们早早地磨灭了童真，泯灭了感知美好事物的天性。童话很好地解决了这个问题，让儿童始终心存美好。

徜徉在童话的森林，沿着崎岖的小径一路向前，便会发现王子、公主、小裁缝、呆小子、灰姑娘就在我们身边，怪物、隐身帽、魔法鞋、沙精随时会让我们大吃一惊。展开想象的翅膀，心游万仞，永无岛上定然满是欢乐与自由，小家伙们随心所欲地演绎着自己的传奇。或有稚童捧着双颊，遥望星空，神游天外，幻想着未知的世界，编织着美丽的梦想。那双渴望的眸子，眨呀眨的，明亮异常，即使群星都暗淡了，它也仍会闪烁不停。

　　童心总是相通的，一篇童话，便会开启一扇心灵之窗，透过这扇窗，让稚童得以窥探森林深处的秘密。每一篇童话都会有意无意地激发稚童的想象力和感知力，让他们在那里深刻地体验潜藏其中的幸福感、喜悦感和安全感，并且让这种体验长久地驻留在孩子的内心，滋养孩子的心灵。愿这套《世界经典童话小说书系》对儿童健康成长能起到一点儿助益，这样也算是不违出版此书的初心了。

编者

2017 年 3 月 21 日

目录
MULU

咔咕莱恩

　　咔咕莱恩从小力大无穷，有着非凡的臂力。大家都说他天生神力，可是他却没有因此而自满。

　　有预言家说，将来有一天有一个人会拿起武器，穿上盔甲，为国家而战，他将成为爱尔兰历史上伟大的人物。

　　听到这些后，咔咕莱恩就暗下决心，发誓要成为那样一个了不起的人物。

　　咔咕莱恩为此付出了很大代价，经过一步步努力，最终成为一个伟大的人物。

　　咔咕莱恩的身世很特殊，他的舅舅是乌尔斯特王国的国王。

有一天，国王召集大臣们商议大事。

"我的外甥是个了不起的孩子，今天召集大家来，就是要给他选一位最好的老师。"国王十分自豪地说。

一听国王要给外甥选老师，大家都相当踊跃。

"请国王把这个孩子交给我吧，我在战场上骁勇善战，这大殿内外，只有我最适合教这个孩子。"一位将军迫不及待地对国王说道。

听到这里，国王微微点了点头，微笑地看着将军。

"不，这个孩子不能交给他带，孩子从小力大无穷，不需要再学习战斗技艺了。还是把孩子交给我吧，我教他如何做一个贤良的人。"一个大臣上前说道。

"还是让我来教他演讲和辩论的技巧吧，让他掌握舌辩群儒的技能，让更多人信服他、追随他。"第三个大臣高声说道。

宫殿里的人们一时间争论不休，每个人都觉得自己是最合适的老师。

国王没有插言，耐心地听着每个人的发言，记下他们的意见。经过深思熟虑后，国王叫大家安静下来。

"我决定了，以后由你们轮流去教我的外甥，你们尽管拿出看家本事吧！"国王果断地说。

国王又做了一个决定，让咔咕莱恩跟着他的父母离开王宫，一起回到莫西穆平原的老家，直到他长大成人。

咔咕莱恩一天天长大，各种迹象都体现出他的与众不同。他高大健硕，熠熠生辉，每只脚上长着七个脚趾，每只手都长了七个手指。

一天，一群游客到莫西穆平原游玩，来到咔咕莱恩家休息。咔咕莱恩热情地接待了他们，闲聊中谈到了国王和宫廷中的事儿。

一名游客说，王宫中有一支特殊军团，只有皇室和贵族家的孩子才有资格加入，军团经常玩些战争游戏，但大部分时间是搞体育运动。

夜晚，咔咕莱恩躺在床上辗转反侧，脑子里想着游客说的特殊军团的事儿。

第二天一早，咔咕莱恩无法按捺激动的心情，从床上跳下来，迅速地穿上用金丝编织的外套，又披上一件绿色长袍，然后用银卡子卡住绿色长袍的肩部。

一切收拾妥当，咔咕莱恩显得格外精神。他没告诉任何人，偷偷一人不远万里、跋山涉水，向着王宫进发。

尽管去王宫的路途遥远，但咔咕莱恩却一路都没有停歇，加紧赶路，终于来到了王宫外的游戏场。

他刚到游戏场边上，一颗球就从空中向他砸来。咔咕莱恩一点儿也没慌乱，很轻巧地用双脚把球接住夹紧。

球场上的小伙子们见状，纷纷举起球棒猛烈击打咔咕莱恩夹住的球，可球丝毫未动，没人能把球打下来。

这时，咔咕莱恩突然带着球朝球门飞奔而去，凌空一脚，把球射进了球门。

"哪来的穷小子，你有什么资格参加我们的游戏，把他给我扔出去！"一个小伙子命令道。

他们一共有一百多人，手中挥舞着棒子，像疯了似的朝咔咕莱恩蜂拥而来，都想教训一下这个破坏规矩的穷小子。

可是，还没等他们来到跟前，只听咔咕莱恩大吼一声，随后离他比较近的十多个小伙子应声倒地。

"你想把他们都弄死吗？"咔咕莱恩听到背后有人说话。

他转过身一看，发现国王站在那里，脸色很难看。

"你在耍什么鬼把戏？"国王接着问道。

"不是什么鬼把戏，我是来做客的，可他们就是这样对待客人的吗?"咔咕莱恩生气地说。

"客人，谁请你来的?"一个小伙子逼问道。

"谁让你来的，没有我的批准，谁也不能擅自参加这个军团，你知道吗?"国王质问道。

"我叫咔咕莱恩，是您的外甥。"咔咕莱恩回答说。

"你真是我的外甥?"国王激动地喊道。

"是的，舅舅，我从莫西穆平原来。"咔咕莱恩回答说。

国王终于认出了长大后的外甥，下令让咔咕莱恩也参加游戏。

咔咕莱恩在场上动作敏捷，十分勇猛。很快，一大群小伙子都被累倒在游戏场上，可咔咕莱恩却一点儿也不感觉疲惫。

"好了，今天的游戏就到这里吧!"国王高兴地对小伙子们说道。

咔咕莱恩跑到国王的跟前，国王一把搂住心爱的外甥，这么多年不见，他的心情格外激动。

就这样，勇敢、强壮的咔咕莱恩在王宫中住了下来，每天都参加军事游戏和体育运动。

每一次比赛，国王都抽空前来观看咔咕莱恩的神勇表现，因为他实在是太喜欢这个勇猛帅气的外甥了。

咔咕莱恩成了这个军团战士们心中的勇士，小伙子们都由衷佩服这个年轻、勇敢的伙伴。

咔咕莱恩不仅受到伙伴们的追捧和热爱，就连一向高傲的贵族家的女孩儿们，也经常来到训练场，偷窥她们心目中的英雄。

几个月过去了，咔咕莱恩已经完全习惯了王宫中的生活。

一天，咔咕莱恩正在赛场的休息室外面闲逛，忽然听到屋里传来他的伙伴和别人的谈话声。他悄悄靠近屋子，想搞恶作剧戏弄一下伙伴，却看见预言家坐在里面，这引起了他的兴趣。

"先生，今天是不是要发生什么大事儿?"年轻人问预言家。

"对，就是今天，如果有一个人穿上铠甲，拿起武器去战斗，他将成为我们爱尔兰历史上最伟大的人物。但是，他会很快死去。"预言家谨慎地回答说。

一听到"历史上最伟大的人物"这句话，咔咕莱恩十分兴奋，这一直是他最大的梦想。

但他知道偷听别人讲话，是很不礼貌的事情。他极力压制住内心的狂喜，来不及听完后面的谈话，就迅速离开了。

咔咕莱恩来到国王休息的宫殿，可是国王不在，这让他大失所望，心情十分郁闷。

正当他准备离开时，突然看见了国王的盔甲。

"只有我咔咕莱恩，才配穿上这身盔甲。"咔咕莱恩自言自语道。

咔咕莱恩一边嘀咕，一边去取国王的宝剑和盾牌。

这时，预言家走了进来，见咔咕莱恩穿着盔甲，他惊恐万分。

"您要干什么，您这样做，会很快死去的，赶紧放下。"预言家慌张地说。

"我才不管能活多久呢，只要能穿上盔甲，成为爱尔兰最伟大的人物，就是叫我明天去死，我也愿意。"咔咕莱恩一副无所畏惧的样子。

咔咕莱恩手拎宝剑，一溜烟儿跑出宫殿。

他感觉浑身上下充满了无穷的力量，胆量也增加了几分，整个人精神抖擞。

他来到宫殿外，登上国王的马车，让一个名叫贾拜耳的人跟随着他。

"我命令你带我游遍这片土地。"咔咕莱恩说。

"为什么非要让我去？"贾拜耳浑身打着哆嗦，小声嘟囔着。

"因为没人比你更了解这片土地啦。"咔咕莱恩对贾拜耳说。

　　两个人乘着国王的马车向前走，突然，咔咕莱恩勒住缰绳，向远方望去。

　　"前方好像有什么东西，你看见没有？"咔咕莱恩问道。

　　"那是界碑，界碑的那面是倪克坦的地盘，那边广阔的土地都属于倪克坦和他的儿子们，任何外人都不允许踏上那片土地一步。"贾拜耳回答说。

　　"就是那群欺压百姓的家伙吧！"咔咕莱恩气愤地说。

"对，就是他们。"贾拜耳肯定地回答道。

咔咕莱恩看着倪克坦的地盘，变得异常兴奋。

"太好了，这正是我要去的地方，他们欺压百姓，我一直想教训他们一下，你把我带到这里，也是我的幸运。"咔咕莱恩十分高兴。

"我可不和你进去，我怕有命进去没命出来。"贾拜耳十分害怕。

咔咕莱恩根本没心思理会贾拜耳，更没听见他说什么。咔咕莱恩扬起马鞭，驱赶着马车飞快地向界碑奔去。

界碑由一块巨石雕琢而成，牢牢地插在地里，露出地面的部分有三米高，两米宽，被一堆大石头和铁索围着。

咔咕莱恩跳下马车，来到界碑面前，他弯下腰，不费吹灰之力就将界碑拔起，举过头顶。

他看了看周边的环境，随手将界碑扔进了附近的湖中。

巨石进入湖中，溅起巨大水花，扑通一声巨响，吓得鸟儿四处飞奔。湖里的鱼虾也纷纷跳跃，惊恐地胡乱碰撞，不知道出了什么事儿。湖面上顿时漂上一片被震晕的鱼虾，露着白肚皮。

倪克坦的大儿子当时正在附近狩猎，突然听到响声，立刻向湖边跑来，只见咔咕莱恩正拍打着手上的泥土，界碑却没有了。

倪克坦的大儿子火冒三丈，指着咔咕莱恩大骂。

咔咕莱恩打量了一下眼前的壮汉，一身猎人装扮，手里只拿着一把弓箭。

"你听着，我不杀无名鼠辈，你赶紧回去穿上盔甲，再来和我较量。我不想杀死一个没有盔甲的敌人，那样会有损我的英名。"咔咕莱恩大声说道。

倪克坦的大儿子本来就非常生气，再听他这么一说，气得脸都绿了，转身就往回跑，跑了几步，又回过头用手指了指咔咕莱恩，眼睛瞪得老大。

"小子，有种你就等我回来！"倪克坦的大儿子恶狠狠地说。

"主人，您不要命了吗，他是倪克坦的大儿子，有刀枪不入的盖世武功，我们还是赶紧跑吧。他要是回来，咱俩都得没命!"贾拜耳哆哆嗦嗦地说。

看着贾拜耳吓得魂不附体的样子，咔咕莱恩觉得又生气又好笑，但此时也没有必要去责备和嘲笑他。

就在这时，倪克坦的大儿子穿好盔甲回来了。他手中挥舞着一柄大刀，银光闪闪，骑着一头汗血宝马，像风一样向着咔咕莱恩跑来。

还没等倪克坦的大儿子跑到近前，咔咕莱恩就弯腰拿起一块大石头，顺势一抛，只听一声闷响，敌人应声跌落马下，脑袋上鲜血直流。

汗血宝马由于速度太快，失去负重，一头撞死在了界碑边的石头上。

贾拜耳根本没看清楚怎么回事儿，就见倪克坦的大儿子已经躺在血泊中了。

贾拜耳目瞪口呆，嘴巴张得大大的，惊恐地看着咔咕莱恩，不敢相信这是真的。

倪克坦的大儿子带来的随从，见主人被打死，也不敢相信这个事实。他可是倪克坦的大儿子啊，怎么可能被一击致命呢？更何况没人看清楚他到底是怎么死的。

倪克坦的二儿子紧随而来，看到哥哥眨眼间就被打死了，根本不敢相信这个事实。

当他缓过神儿来，便挥舞着手中的长矛，直奔咔咕莱恩的心口刺来。

咔咕莱恩纹丝不动，直到长矛快要刺到他时，才迅速地侧身一躲，右手顺势抓住长矛，反手将长矛的枪头刺了回去，正好刺在倪克坦二儿子的心脏上。

这时，倪克坦的三儿子也赶到了，看到两个哥哥的尸体，心中充满悲伤和愤恨，恶狠狠地瞪着咔咕莱恩，但没有冲过来。

"你们这群坏人，吹嘘自己杀死很多人，现在送死的人主动找上门来了，有种你就过来，你个愚蠢的胆小鬼，怎么不过来！"咔咕莱恩挑衅说。

两人对视了几分钟，突然，倪克坦的三儿子仰天惨笑，这一下把贾拜耳吓得够呛，浑身打着寒战。

"主人，别和他打了，这小子是他们哥仨当中最坏的一个。"贾拜耳小声对咔咕莱恩说。

"你要是有种，咱们就到湖里比划比划，怎么样？"倪克坦的三儿子提议说。

话音刚落，还不等咔咕莱恩作答，倪克坦的三儿子纵身一跃，跳进了刚才扔界碑的湖里，不见了踪影。

"主人，您千万别去，他是出了名的水性好，在水里像泥鳅一样灵活，像鳄鱼一样凶猛，这个世界上还没人能在水里打败他，您可不要去白白送死啊，我们还是回去吧！"贾拜耳一把拽住咔咕莱恩的胳膊说。

"我是在河边长大的，你就在边上等着吧！"咔咕莱恩说着也跳进了湖里。

贾拜耳胆战心惊地站在湖边，向湖里张望，但是湖水太深，什么也看不见，只能看见湖水不时地翻滚着，湖面掀起层层巨浪，拍打着岸边的岩石。

贾拜耳屏住呼吸，窥探湖里的变化，很快湖水变成了红色，翻滚的浪花也小了很多。

贾拜耳吓坏了，不敢想象水里发生了什么，他紧闭双眼，默默地为咔咕莱恩祈祷，也祈祷如果是倪克坦的三儿子赢了，不会杀死自己。

"贾拜耳，你怎么了，这么点儿血就把你吓倒了吗？"咔咕莱恩站在贾拜耳面前调侃着说。

贾拜耳赶紧睁开双眼，用手揉了揉，端详着眼前这个帅小伙儿。他还是不敢相信自己的眼睛，又用力掐了一下自己的大腿，这才缓过神儿来，冲着咔咕莱恩哈哈大笑。

"真的是您，刚才可把我吓坏了。"贾拜耳傻笑着说。

看着吓傻的贾拜耳，咔咕莱恩只是微微一笑，什么也没说，直接回到了马车上。

贾拜耳也乐颠颠地跟着回到了车上。

"主人，我们现在可以回王宫了吗?"贾拜耳试探着问道。

"现在国王的三个劲敌已经被我消灭，我觉得今天干得还不错，时间也不早了，我们回王宫把这个好消息告诉舅舅，让他也高兴高兴。"咔咕莱恩笑着说。

在返回王宫的路上，他们路过一片草丛，忽然发现远处有一群野鹿，这令咔咕莱恩十分兴奋，催促着贾拜耳追上那群野鹿。

贾拜耳策马扬鞭，可无论他怎么努力驱赶马车，就是追不上那群野鹿。

咔咕莱恩变得不耐烦了，便跳下战车，飞奔而去，徒步追赶野鹿。

野鹿看到咔咕莱恩跳下车追赶它们，更加兴奋地奔跑着。

咔咕莱恩比马车还要快，脚下一溜烟儿，很快追上了那群野鹿，并逮住了两只最肥的鹿，用绳子把鹿绑在了马车上，又继续赶路。

不一会儿，他们来到一个平原，看见一群白色的鸟儿。

"多么漂亮的鸟儿啊，它们是什么？"咔咕莱恩问道。

"那是野天鹅。"贾拜耳回答说。

咔咕莱恩随手取出弹弓，抓起一把小石子装在弹弓上。

"主人，别费力气了，从来没有谁能活捉野天鹅的！"贾拜耳笑嘻嘻地说。

咔咕莱恩白了贾拜耳一眼，又掂了掂手上的石子，拉开弹弓，只见石子飞了出去，一共击中了八只野天鹅。

贾拜耳这时闭上了嘴巴，默不作声地去抓被打下来的野天鹅。

"赶紧收起这些野天鹅，我们回王宫。"咔咕莱恩催促道。

贾拜耳飞跑着去捡野天鹅，奇怪的是，这些野天鹅没受一点伤害，好像只是短时间抽筋一样，完好无损地等着贾拜耳去抓。

贾拜耳把天鹅也捆到了车后面。

咔咕莱恩和贾拜耳兴高采烈地回到宫中。贾拜耳把这次出行的事儿，详细地向国王汇报了一遍。

国王听得入了迷，等他回过神儿来，便召集所有大臣来到宫殿，听贾拜耳的精彩演说。

王宫里一片欢声笑语，国王亲自为咔咕莱恩摆酒庆祝，大家都感谢这个英勇少年，为他们铲除了最大的敌人，夺回了被倪克坦和他儿子抢走的土地。

一时间，举国欢庆，大家都在传扬咔咕莱恩这个了不起的少年。

以上讲述的这些，只是咔咕莱恩短暂一生中的头几件事儿，也只是他丰功伟绩中的一小部分。

但是，正像预言家说的那样，伟大的爱尔兰少年英雄咔咕莱恩，仅仅活到了二十七岁。

咔咕莱恩是爱尔兰人的骄傲，是爱尔兰历史上伟大的、了不起的人物，他实现了自己的愿望。

咔咕莱恩的名字和丰功伟绩，也将被永远写入爱尔兰的史册。

小鹿斑比

在一片美丽的大森林里，住着很多很多的动物。刚出生的斑比耷拉着脑袋，眼睛还没有完全睁开，小腿虚弱得直打战。一只喜鹊从空中飞过。

"多漂亮的孩子啊，一生下来就能站起来，太神奇了！"喜鹊叫道。

鹿妈妈没有时间陪喜鹊聊天，正忙着为斑比梳洗打扮。它用舌头轻轻舔着孩子的身体，充满着爱意。

斑比家周围长着很多树，地上一片花花草草，阳光透过枝叶洒在地上，到处是鸟儿们在歌唱。不过，斑比对鸟儿的歌声并不感兴趣，它紧紧地依偎在妈妈的身旁，吮吸着香甜的乳汁。

初夏，森林里生机勃勃，蜜蜂从早到晚在花丛中忙碌，马蜂嗡嗡地叫着，山蜂也跑来凑热闹。

这天，斑比跟着妈妈走在一条小路上。它蹦蹦跳跳，好奇地观察着周围的一切，觉得很有趣。

"妈妈，我们要去哪里呀？"如今的斑比脑子里有很多疑问，向妈妈问个不停。

"草地。"妈妈回答说。

"草地？那是什么地方？"斑比不明白。

"你自己看吧。"它们继续往前走，眼前慢慢变得开阔起来，只要再走几步，就可以踏上一片开阔地了。

斑比刚要冲过去，却被妈妈拦住了。

"到草地上去，可不是一件简单的事，有很多危险。现在你要听我的话，按我说的去做，叫你走的时候你再走，明白了吗？"妈妈说。

"明白了。"小斑比点头回答。

妈妈向森林旁的草地走去，而斑比目不转睛地看着。

等到妈妈呼唤它时，斑比抬起小蹄子向草地冲过去，心里充满了喜悦。草地真宽阔啊，没有树的遮挡，天空无边无际，飘着片片白云。太阳挂在空中，射出刺眼的光。

过了一会儿，斑比跑到妈妈身边，满心欢喜，愉快地和妈妈肩并肩散起步来。

"瞧，妈妈，那儿有一朵小花飞起来了。"斑比大惊小怪地叫喊起来。

"傻孩子，那不是花儿，那是一只小蝴蝶！"妈妈说。

"嘿，妈妈，那儿有一棵小草在跳舞！"斑比叫道。

"那不是小草，那是一只善良的蝈蝈。"妈妈回答。

草地上有好多斑比从没见过的东西，妈妈耐心地给它解释着。斑比实在是太开心了，一会儿跑去赞美蝴蝶，一会儿又跑去和蝈蝈聊天，把蝴蝶和蝈蝈都说得不耐烦了。玩了一会儿，斑比累了，靠在妈妈的身旁休息，心里想着：

原来这就是草地啊。

虽然斑比很喜欢草地，但妈妈说白天去草地很危险，只有清晨或晚上才肯带它去。

这天晚上，斑比和妈妈又来到草地上。

"斑比，斑比，过来认识一下我们的好朋友——兔子。"斑比听见妈妈叫它。

斑比走到妈妈身边，看见草丛里蹲着一只兔子。斑比打量着兔子的两只耳朵，它们一会儿高高地立起来，一会儿又耷拉下去。

"多漂亮的小王子啊！"兔子赞美道，一双又大又圆的眼睛发出友好的光芒。

斑比羞涩地低下头，觉得很不好意思。

"它将来一定会成为一个漂亮的鹿王子的。"兔子对斑比妈妈说。

小斑比在草地上悠闲地散着步，期待能结识一些新朋友。突然，森林的另一边又来了几只鹿。

"哦，不要怕，那是你的姨妈艾娜，还有它的两个孩子。"妈妈说。

斑比站直身体，目不转睛地盯着从远处走来的几只鹿，惊讶地发现那两只小鹿几乎和自己长得一模一样。很快，它们就走过来了。

"这是戈博和法丽纳，你们可以一起玩。"艾娜姨妈对斑比非常热情。

小鹿们很快熟悉起来，欢快地一起嬉戏。玩累了，它们就跑到一边说悄悄话。

该回家了，小鹿们依依不舍地分了手。

日子一天天过去，小斑比慢慢长大了，还学会了很多本领。它现在能准确地分辨出各种声音了，甚至是随风飘来的细微的声音。它的嗅觉也越来越灵敏，几乎和妈妈一样了。

斑比非常喜欢晚上，因为白天只能和妈妈在家里睡觉，只有晚上才可以出去活动，而且晚上不用担心妈妈总挂在嘴上的"危险"，可以想去哪儿就去哪儿，还可以交很多朋友，大家可以一起无忧无虑地玩耍。

这几天总是下雨，第一次下雨是在白天，斑比正在树下。虽然斑比长大了许多，但是突然暗下来的天色，黑幕中突然划过的闪电和巨大的雷声，还是把它吓得瑟瑟发抖。斑比一直跟在妈妈身后转悠，哪儿也不敢去。

暴风雨很快过去了。

傍晚，斑比和妈妈早早地来到草地上，打算借着还没完全落下去的太阳，晒干身上的雨水。草地上非常热闹，很多小动物都跑出来了，大家凑在一起，七嘴八舌地讲述着白天的经历。

今天终于见到了鹿爸爸们，它们在草地边缘慢悠悠地走来走去。斑比很想过去和它们说话，但没有勇气。

斑比和法丽纳、戈博，还有其他几个朋友，开心地玩起了游戏。戈博玩了一会儿就累了，它被白天的暴风雨吓坏了。

斑比觉得戈博有点懦弱，但这并不影响它喜欢戈博，因为戈博心地善良，容易接近。

时间过得很快，斑比学会了更多本领。斑比发现妈妈变了，不再要求自己随时待在它的身边。

突然有一天，斑比发现妈妈不见了，它感到十分孤独、害怕，想要妈妈回来陪伴它。

"妈妈，妈妈！"斑比大声喊着，可是没有回应。它倾听着周围的声音，闻着周围的气息，还是没有发现妈妈的踪迹。

斑比不知所措地在森林里寻找着。突然，它站住了，看见林间空地上有一个瘦高的身影。斑比望着黑影，心里感到非常害怕。

就在这时，妈妈出现了，领着斑比飞快地跑回了家。

"这就是人类！"妈妈告诉斑比。

从那以后，妈妈不时就会消失，斑比只好一个人待在家里。一天，斑比独自在森林里走了很久，感到非常孤独寂寞，终于忍不住喊起了妈妈。它喊呀喊，可是妈妈一直没有出现。

正在这时，一位长者出现了，它身材高大，全身深红色，眼睛炯炯有神，长着一对很大的鹿角，比斑比见过的其他鹿都要威严。

"你为什么喊叫啊?"长者问。

斑比害怕得说不出话来。

"既然你妈妈没时间陪你，难道你就不能自己待着吗?真不害臊。"长者说完就离开了。

斑比很难为情，同时对那位长者充满了莫名的敬佩，希望能再次见到它。

斑比没有告诉妈妈这件事，只是当妈妈再次离开时，它不再紧跟着了。

斑比经常想起那位长者，盼着能再次相遇。

在草地上再次遇到法丽纳和戈博的时候，斑比告诉了它们这件事。

"那是老鹿王，是妈妈告诉我的，它是我们家族中最有威望的，只是它很少出现，谁也不敢跟它说话。你知道，为了争夺王位，王子之间经常发生斗殴，可是，没有谁敢挑战它。"法丽纳郑重其事地说。

斑比很兴奋，伟大的老鹿王曾跟它说过话！

又是一个空气清新的早晨，花瓣上缀满了露珠，林间散发着淡淡的清香。没过多久，小动物们开始起床了，森林里一下子热闹起来。

斑比来到草地上，热情地和朋友们打着招呼。妈妈跟艾娜姨妈走在草地的另一边。

一个小鹿王子在离斑比很近的地方散步。

"它长得真漂亮啊！我可以跟它说话吗？它会不会理我呢？"斑比慢慢地朝小鹿王子走去。

"砰！"突然一声巨响，斑比吓了一跳，向森林深处跑去，但它很快又停了下来。斑比发现小鹿王子倒在地上，全身都是血，它死了。

斑比大声叫喊起来，它有些接受不了，英俊的小鹿王子怎么会转眼就死了呢?

"别停下来,快跑!"斑比听到妈妈的喊叫声,使出全身力气再次奔跑起来。过了很久很久,它们停了下来。

"这是怎么回事,妈妈?"斑比急切地问。

"这就是……人类。"妈妈回答说。

斑比继续向前走着,心里很难过,心想再也不到草地上去了。突然,旁边的灌木丛里传来轻微的声响,斑比回头

一看，原来是老鹿王。

"尊敬的鹿王，您能告诉我，人类究竟是什么吗?"斑比问道。

"有些东西只有当你亲眼见到、亲身经历，才能明白究竟是怎么回事。保重吧!"说完，老鹿王头也不回地走了。

斑比发现周围的一切都发生了变化。早晨，天空会降下乳白色的轻雾，整个森林都变成了白色，太阳出来后白雾才渐渐散去;晚上，森林里又会传来"沙沙"的叶落声。

没过多久，雨季来了，大雨从早到晚下个不停，空气凉丝丝的，让人觉得很不舒服。

北风吹来，斑比真切感受到了寒冷，只好紧紧地依偎在妈妈身旁。

天气越来越恶劣，大风席卷了整片森林，大树和灌木丛被洗劫一空，只剩下光秃秃的枝干在瑟瑟发抖。绿色的草地也干枯了，变成一片黄色。

一天清晨，斑比醒来，发现一些白色的小东西不断从天上落下来，很快覆盖了一切。一只乌鸦告诉斑比这是雪。

冬天到了。

冬天没有舒适的环境和充足的食物，冰凌经常将斑比的腿划伤。

小动物们不再到处奔跑玩耍了，常常聚在一起闲聊打发时间，就连小鹿王子们也经常过来参加。

和王子们渐渐熟悉了，斑比不再害怕和它们说话。

斑比经常听大伙儿谈论人类，每一个小鹿王子一说起人类就显得非常紧张，它们说人类有三只手，而且第三只手具有很神奇的力量，能让一只活蹦乱跳的动物顷刻间死亡。

一只叫内特拉的母鹿并不相信这种说法，但曾经被人类弄伤了一条腿的王子罗诺和年轻英俊的王子卡洛斯，都表示这的确是真的。

冬日漫漫，雪下个不停，越积越厚。小动物们经常滑倒，而且吃的东西越来越难找。

大伙儿都窝在家里过冬，森林里一片寂静，不时有一些悲惨的事情发生。

有一次，一群乌鸦残忍地杀害了兔子妈妈的小儿子。噩耗传来，兔子们悲痛欲绝。又有一次，黄鼠狼将小松鼠的脖子咬伤了，小松鼠痛得在树枝间胡乱奔跑，最终倒在冰冷的雪地里停止了呼吸。还有一次，狐狸咬死了一只美丽的山鸡。

这些事情都发生在白天，大伙儿越来越没有安全感，每

天都战战兢兢。

一天，大伙儿正聚在一起讨论着最近的坏天气。罗诺王子首先感觉出不对劲，然后成群的乌鸦叫喊着从树林边缘飞过来，终于惶恐的喜鹊们带来了坏消息：人类来了。

"砰砰！"可怕的声音从四面八方传来。

"斑比，快跑！"妈妈大声叫喊着。

斑比什么也顾不上，脑子里一片空白，除了往前跑什么都不想，最后跑到一处隐蔽的灌木丛中缩成一团。

天色黑了下来，森林里一片寂静，斑比从灌木丛中钻出来。

"妈妈一定很担心我。"斑比想。

后来，斑比遇到了内特拉太太和法丽纳。

"你们看见我妈妈了吗？"斑比问。

"没有。我也在找妈妈，还有戈博也不见了。"法丽纳回答说。

突然，艾娜姨妈跑了过来。

"戈博不见了，我在找它，可是找不到。我可怜的戈博啊！"姨妈说道。

从此，斑比再也没有见过妈妈。

妈妈失踪之后，内特拉太太十分细心地照料着斑比，希望它能和别的小鹿一样开心。但斑比还是感到孤独，总是在森林里转来转去，希望能找到妈妈或者戈博。

时间一天天过去了，当天气回暖的时候，斑比才重新振作起来。头上长出的角，让它十分开心。

斑比经常用头上新长出来的角去撞树干，只有撞掉角上那层嫩嫩的皮，鹿角才会越长越大。斑比觉得自己的角比树干还要坚硬，感到非常自豪。

"您的角太漂亮了，这么长，尖尖亮亮的，真是少见。别的鹿在您这个年纪很少有这么漂亮的角。"小松鼠赞美道。

听到小松鼠的夸奖，斑比兴奋极了。

斑比觉得自己最近有点儿焦躁不安，非常想见法丽纳和其他的小雌鹿，即便是偶尔从远处望着它们也觉得很兴奋。

可是，当它靠近某只小雌鹿时，就会遭到其他头上长角的大鹿的攻击。它们用角顶斑比，将它赶走，就连以前的朋友罗诺和卡洛斯对它的态度也变得不友好了，这让它很伤心。

这天，斑比觉得自己浑身充满了力量。它需要将这股力量释放出来，焦躁地用蹄子敲击着地面。

突然，斑比发现不远处有几只成年鹿。它想起以前它们驱赶自己的情景，心中顿时燃起熊熊怒火。斑比憋足了劲，奋勇地向离自己最近的一只鹿冲过去。

斑比满以为自己会成功，可它想错了，对方灵巧地往旁边一闪，躲过了它的攻击。

斑比扑了个空，差点儿摔倒，但很快它又调整好自己，打算再一次发动攻击。可是当它转过身的时候，发现原来是老鹿王。

斑比十分惭愧，恨不得找个地缝钻进去，低着头一动不动。

"为什么不向我进攻了？"老鹿王问。

"我不知道。"斑比回答说。

"你长大了，比以前强壮多了。"老鹿王微笑着打量着斑比。

斑比低着头没吭声，但心里却高兴极了。

"它不仅没生气，还夸奖我强壮了。"斑比开心地想着，直到老鹿王走了，还站在那里。

夏天到了，斑比心中产生了一种无法言表且强烈的感觉，整天四处游逛，希望能碰见同伴。

有一天，它终于遇见了法丽纳。

"法丽纳，我……我想问你一个问题。"斑比吞吞吐吐地说。

"什么问题？"法丽纳好奇地问。

斑比没有立刻回答。法丽纳等了一会儿，继续朝前走。

"别走！我……我喜欢你。你喜欢我吗?"斑比叫道。

"也许吧。"法丽纳轻声回答。

"你愿意和我在一起吗?"斑比激动地问。

"嗯，我喜欢和你在一起。"法丽纳温柔地笑了笑，然后跑开了。

斑比欣喜若狂地追了上去。

突然，卡洛斯从路边的灌木丛里钻出来，挡住了斑比的去路。

"请让我过去。我没有时间和你闹。"斑比急切地说。

"我不许你见法丽纳!"卡洛斯喊道。

斑比一听火了，低头向卡洛斯撞去。卡洛斯倒在草地上，但马上又站了起来，可还没来得及站稳，又被斑比狠狠地撞了一下。

"斑比!"卡洛斯大声喊道。当它正想喊第二声时，斑比又重重地撞了它第三下。

卡洛斯被吓住了，连忙爬起来，转身逃走。

这时，法丽纳走过来，它刚才就躲在附近，看见了发生的一切。

"你真棒，我喜欢你。"法丽纳轻声说道。

它们肩并肩地往前走去，沉浸在无比的幸福之中。

太阳冉冉升起，斑比正在熟睡。睡梦中仿佛听到了法丽纳的呼唤声，斑比立刻醒来。它站起身，打算朝声音传来的方向跑去，不料老鹿王挡住了它的去路。

"你要去哪儿?"老鹿王严肃地问。

"去找法丽纳。"斑比回答道。

"那不是它，不信你就跟在我的后面，我带你去看看。"老鹿王说。

当走到一处灌木丛的时候，老鹿王停下了脚步。斑比往前一看，吓了一大跳，人类站在那里，头上盖着榛树叶，正在轻声轻气地呼唤着。

斑比这才明白，原来是人类模仿法丽纳的声音，想把它骗过去。

一天，斑比和法丽纳经过一片灌木丛时，看见了失踪的戈博。

法丽纳大喊了一声，飞快地跑过去抱住戈博哭了起来。

"法丽纳……姐姐！"戈博轻声呼唤着，泪水不住地往下淌。

"妈妈呢，我好想马上见到它。"戈博哽咽地问道。

斑比和法丽纳带着戈博出发了。戈博急匆匆地走着，一声不吭，它急切地想要见到妈妈。

不一会儿，它们来到了一座用树叶搭起的小屋前，这里是戈博从小长大的地方。

艾娜姨妈正好从屋子里走出来，戈博跌跌撞撞地往前跨了几步，轻声喊了一声妈妈。

艾娜姨妈仔细打量着戈博，激动得全身发抖，然后轻轻地拥住了自己的儿子。

它们来到一片空地上，戈博开始讲述它和大家分开后的事情。很快，周围聚集了很多听众。

"人类抓住了我。他们给我干草吃，还有谷子、土豆和萝卜。他们很善良，是我们的朋友。"戈博甜蜜地回忆着。

老鹿王来了，问它脖子上的印痕是怎么回事。

"这个……是人类给我系绳子造成的，其实……这是一种莫大的荣耀。"戈博有点儿尴尬地回答说。

"可怜的孩子！"老鹿王轻声地嘀咕了一句，转身走开了。

这几天，每当法丽纳不在身边的时候，斑比就出去寻找老鹿王。

"你找我已经很久了吧，有什么事情吗？"老鹿王问。

"是的，我只是想问问您，为什么……您会对戈博说那句话？"斑比鼓起勇气问道。

"你觉得我说得不对吗？"老鹿王反问道。

"不，我觉得您说得很对！可是，我并不明白这是为什么。"斑比回答道。

"你能感觉得到，这就够了，以后你会理解的。再见！"

说完，老鹿王又离开了。

几天之后，大伙儿发现戈博怪怪的，总是一副心事重重的样子。它不喜欢和大家一起玩，习性也和大家不一样了。它现在都是晚上睡觉，而白天就毫无顾忌地去草地上吃草，一点儿不顾及周围的危险。斑比提醒过戈博，可它根本不当回事儿。

"你知道吗，在这里，我总觉得吃的东西有一股怪味。"戈博对斑比说。

"怎么会有怪味呢？我们吃的是一样的东西呀，我怎么没有觉得。"斑比不明白。

"可是，我总觉得有点儿不一样。我还是习惯吃人类给我准备的东西。"戈博沮丧地低下了头。

斑比同情地看了戈博一眼，转身走开了。

一天早上，斑比、法丽纳和戈博打算一起去草地散步。它们刚走到林边，正打算走进草地的时候，突然听到松鸦在大喊大叫说人类来了。

"快，我们快回去。"斑比赶紧停下来，挡住法丽纳和戈博。

但戈博却站在原地，一点儿也不害怕。

"你们走吧，他们是我的朋友，我要去迎接他们。"戈博说完迈着欢快的步子跑进草地。

斑比和法丽纳来不及阻止，只能眼巴巴地看着戈博离去。它们感到了一种恐惧。

突然，"砰"的一声，戈博欢快的脚步停止了，身体像遭了雷击一样，然后跌在地上，抽搐了几下就不动了。

一天，斑比又遇见了老鹿王。它们默默地走了一段路，突然老鹿王站住了，说有奇怪的声音。斑比侧耳细听，有一种"嘭嘭"的低沉声，像是什么东西在撞击地面。

"跟我来！"老鹿王命令道。

不久，它们就看到一只兔子躺在一棵树下不断地挣扎，一根绳子缠住了它的脖子。

老鹿王走过去，用角撞断树枝，将兔子从绳索中解救出来。

"难道这绳套也是人类布下的?"斑比问。

"孩子,你要学会生存!"老鹿王轻声说道。

前一天晚上,斑比与法丽纳分手了。心里有些难过的它一大早就来到草地上,呼吸新鲜空气。

突然，不远处传来"砰"的一声，斑比觉得身体好像被什么东西猛地撞了一下。它飞快地转身，拼命向森林深处跑去。斑比觉得左腿一阵阵剧痛，鲜血不断涌出，终于支持不住晕倒了。

"快点起来，斑比!"昏迷中，斑比听到有人在喊自己的名字。它睁开眼睛，发现是老鹿王。

"你现在必须站起来，必须忍受疼痛，知道吗？你必须战胜它，必须自己救自己，我的孩子!"老鹿王的语气中流露出一种威严。

斑比突然感觉又有了力气，一下子站起来，跟着老鹿王向前走去。老鹿王带着斑比绕了很大的一个圈子，最后来到一片灌木丛中。

"好了，现在你可以休息了。"老鹿王说道。

斑比几乎不能动弹，立刻瘫倒在地。

几天过去了，斑比的伤口好了许多，渐渐有了力气。这段时间，老鹿王一直陪伴着它。

一天晚上，斑比从灌木丛中走出去。它站在外面，感受着微风的吹拂，倾听着远处传来的山雀的歌声。生活多么美好啊！老鹿王站在不远处。它们并肩向前走去，没有回头。

斑比回老鹿王住处的路上，听到一个尖细的声音在叫它，只见一只松鼠从树枝上跳下来。

"太好了，原来您还活着。如果碰到朋友，我会跟它们说，您回来了。它们一定会非常高兴的。"说着，松鼠又跳回树上。

听了这话，斑比心里产生了一种冲动，多想见到法丽纳啊。但它忍住了，什么也没说。

"每个人都必须学会独立生存。"斑比想起了老鹿王说的话。

在老鹿王所有的教诲中，这句话是最重要的——如果想要保护自己，就必须拥有智慧，就必须学会独自生活。

一个冬日的早晨，森林的寂静被一阵猛烈的犬吠声打破。

受伤的狐狸在雪地里拼命奔跑，一只猎犬在后面穷追不舍。很快，狐狸跑不动了，脸上露出绝望的表情。

突然，狐狸转过身，可怜巴巴地望着猎犬。

"求你放过我吧，我们差不多算是兄弟。"狐狸乞求道。

可是猎犬不理它，仍在不停地狂吠。狐狸知道，它是在向人类发信号。

"你难道不害臊吗？你……你这个叛徒！"狐狸悲伤而愤怒地喊道。

"我爱人类，人类比我们都强大！"猎犬激动地大喊着，朝狐狸扑过去。没多久，狐狸便四脚朝天地倒在地上，死了。

天气暖和了起来，乌鸦在树间飞来飞去，快活地叫个不停。

一天，斑比来到壕沟边，突然看见了法丽纳。

很长时间没有见过法丽纳了，斑比的心怦怦直跳。一时间，斑比觉得自己是爱法丽纳的，它想越过壕沟，把它接过来，重温儿时的美好时光。可是，斑比最终只是呆呆地站立在那里，目送着法丽纳远去。

突然，传来"砰"的一声巨响，斑比吓了一跳。

"砰砰"的声音接连响起，斑比竖起耳朵倾听，可是四周又突然安静了下来。

老鹿王带着斑比走到一处灌木丛，看见一个人正躺在那里。

那个人躺在地上，脸色苍白，裸露的脖子上有一道伤口，鲜血正不断涌出来。

"斑比，你看看地上的这个人，是不是和我们中的某些动物很像啊？其实人类并不像我们想的那样，他们同样会被我们战胜。"老鹿王说道。

老鹿王在一棵大橡树前停下来。

"别再跟着我了，斑比。我的时间不多了……现在，我要为自己找个好归宿。"老鹿王说道。

斑比想说些什么，可是老鹿王没有让它开口。

一个夏日的早晨，没有一丝风，森林里静悄悄的。斑比在小路上慢慢地走着。

"喂，你看到它了吗？它就是老鹿王，是森林里最伟大的雄鹿！"榛树上传来几只小苍蝇的议论声。斑比没有理会它们。

"妈妈，妈妈，你在哪儿啊？"一个稚嫩的声音焦急地呼喊着。

斑比穿过灌木丛，循声走去，看见两只小鹿正可怜兮兮地站在那里。

"你们的妈妈现在没有空，难道你们就不能自己待着吗？"斑比走到它们面前，认真地说道。

两个小家伙直愣愣地望着突然出现的斑比，一时间忘了呼喊。

"我还挺喜欢它们的，但愿以后还有机会见面。"斑比一边想一边往前走，最后消失在森林里。

鲁比和伯斯德

老国王和非常宠爱的王后生了两个儿子，大儿子鲁比和小儿子伯斯德。

两个儿子不仅长得英俊潇洒，而且聪明可爱，深得老国王和王后的喜欢。

兄弟俩在王宫里无忧无虑，过着幸福的生活。

一天，王后无意中发现王宫的屋檐下有一个鸟窝。窝里住着鸟儿一家，鸟爸爸和鸟妈妈共同抚养着几只鸟宝宝。

一天，也不知道是什么原因，鸟妈妈突然死了。不久，鸟爸爸又找来另一只鸟妈妈，帮它照看鸟宝宝们。可是，这只鸟妈妈一点儿也不喜欢这群鸟宝宝，趁鸟爸爸不在，竟啄死了所有的鸟宝宝。

王后看见了这一切，心情顿时像乌云密布的天空。她万分可怜那群无辜的鸟宝宝们，同时，也联想到了自己体弱多病，死后老国王免不了会另娶新欢，后娶的女人也许会像那只残忍的鸟妈妈一样伤害自己的孩子。

王后派人把老国王请到后宫，一边讲着自己亲眼所见的鸟窝里发生的悲剧，一边难过地哭泣起来。为了使自己的孩子将来不受伤害，王后请求老国王在她死后决不再另娶。

看着哭得如此伤心的王后，老国王答应了王后的请求。

过了一些日子，王后真的离开了人世。

一些阿谀奉承的大臣和侍从不断地劝老国王再娶一位王后。

一开始，老国王还记着对王后的承诺，坚决不同意。可日子久了，禁不住这些人的劝说，他把当初的誓言抛到了九霄云外，就点头同意了。

但老国王下令让人再修建两座宫殿，一座给两位王子住，一座给新王后住。

"两位王子和新王后不住在一个宫殿里，新王后就算想伤害两个王子，她也办不到。"老国王想。

一天，两位王子和小伙伴们在自己的宫殿内玩球，一不小心，球落到隔壁新王后的宫殿里。

哥哥鲁比让弟弟伯斯德去捡，可伯斯德不肯去，没办法，鲁比只好自己去捡。新王后看见鲁比长得英俊，又独自一个人来到她的宫里，就对鲁比说喜欢他。

"你是我的母后，我们在一起是违背道德伦理的。"鲁比说完，就离开了新王后的宫殿。

新王后遭到鲁比的拒绝，勃然大怒。她故意扯下王冠，披头散发，狠狠地撞墙，接着又在地上乱滚了一通，最后趴在床上大哭起来。

"要是鲁比把这件事告诉国王，国王一定会把我打入冷宫或者处死，不如趁早来个恶人先告状。"新王后边哭边想，心生毒计。

新王后吩咐心腹宫女立即去请老国王到后宫，自己却装成被欺负了的样子。

"你儿子不怀好意，闯进宫里对我无礼，幸亏我极力反抗……"新王后一边抽泣，一边对老国王诉说。

老国王听信谗言，怒发冲冠，命人立即处死自己的两个儿子。

有位贤明的大臣，早已知道事情的真相，后悔当初劝说老国王另娶。大臣想到已故王后担心的事情真的发生在两位王子身上了，十分内疚，偷偷地派人给两个王子送信。

"国王下旨要处死你们，你们赶快逃命，再也不要回来。我会假装往你们逃跑的相反方向追。"大臣的信中写道。

在大臣的帮助下，两位王子离开了自己的国家。天黑时，他们逃到了一棵大树下。鲁比提议在这棵大树下轮换着休息，前半夜让弟弟先睡，他负责警戒。

伯斯德很快就睡着了，梦中还梦见哥哥鲁比做了国王，而自己的嘴里每天吐出一颗红宝石。

到了后半夜，鲁比叫醒伯斯德起来放哨。可是不一会儿，放哨的伯斯德也睡着了。这时，一条青蛇爬到伯斯德的身上咬了一口，使伯斯德当即中毒窒息。

清晨，鲁比睁开了疲惫的双眼。可是，眼前的景象让他肝肠寸断，弟弟伯斯德被毒蛇咬死了。

为了安葬弟弟，鲁比又不得不拖着沉重的双腿向前边的城市走去。他必须去城里讨一块裹尸布，找工具埋葬伯斯德。

走啊走，鲁比来到一个王国的都城。几天前，这个王国的国王去世了，因无人继位，临终前留下遗嘱：死后从王宫放出一只鹰，鹰落在谁头上，就由谁来继承王位。

鲁比一进城，那只鹰就落在了他的头上。众大臣立即蜂拥过去把鲁比抬上王座，并毕恭毕敬地对他行礼。

突如其来的好运让鲁比又惊又喜，把埋葬弟弟伯斯德的事忘得一干二净。

不久，一个旅人和妻子从树下经过，见到了伯斯德。因无儿无女，妻子一再请求丈夫救活伯斯德，而后收养他。

无奈，旅人只好想办法救人，让妻子去捡牛粪，自己则顺着蛇爬过的痕迹找到了蛇栖身的洞口。

旅人手拿牛粪，坐在蛇洞口，嘴里念起咒语。过了一会儿，一条蛇从洞里面爬了出来。

"你念的咒语使我全身像火烤一样，疼痛难忍，求你别念了，你要什么我给你就是。"蛇哀求着。

"你刚刚咬死了一个男孩儿，只要你吸出他身上的毒液，我就放过你。"旅人说道。

旅人见毒蛇不肯答应，就继续念起咒语。无法忍受疼痛的毒蛇只好吸出伯斯德体内的毒液。

伯斯德得救了，为了感谢旅人夫妇的救命之恩，便拜他们为义父义母。从得救这天起，伯斯德像梦中那样，每天嘴里都会吐出一颗红宝石。

伯斯德生活得无忧无虑，每日骑马外出打猎。

一天傍晚，伯斯德追赶猎物，来到一个王国的城墙外，远远地就看到城里灯火通明，十分繁华。伯斯德想进城去看看，等天亮再回家。他来到城门处，只见城墙高耸，城门紧闭，卫兵严守城门。

伯斯德请求卫兵放他进城过夜，可是无论他怎么央求，卫兵都不肯打开城门。

原来，城外有一个女妖，经常在夜里钻进城里吃人，有人曾亲眼看见女妖张开血盆大口把自己的亲人吃掉。因此，全城百姓每天晚上都不敢睡觉，生怕睡梦中被女妖吃掉。

每到傍晚时分，各家各户都紧闭房门。国王也命令卫兵，傍晚一定要紧关城门。国王还下令在全国张贴告示，把本国的公主嫁给降妖勇士。

蒙在鼓里的伯斯德眼见卫兵执意不为他打开城门，只好把马拴在城门外，自己躺在地上休息。

夜半时分，一个声音把伯斯德从梦中惊醒。正奔城门而去的女妖发现了伯斯德，张开血盆大口，向伯斯德扑过来。

伯斯德毫不畏惧，勇敢地迎敌，最终把女妖杀死了。他累得筋疲力尽，躺在地上进入了梦乡。

天刚亮，这个国家的大臣巡察全城，来到城门口，见女妖已经死了，旁边还躺着个英俊的男人。

　　大臣推断肯定是这个青年杀死了女妖，刚准备回去禀报国王，却改变了主意。

　　恶毒的大臣举起棍棒朝熟睡的伯斯德打去，直到认为把伯斯德打死了，才把他扔进了深坑。

　　"陛下，我今天早上除掉了女妖，按照告示，公主该嫁给我了吧。"大臣进宫禀报国王。

　　这个国王不是别人，正是伯斯德的哥哥鲁比。听了大臣的禀报后，鲁比就去找前国王的女儿。

　　"我已向全国许下诺言，哪个勇士能杀死女妖，就把公主嫁给他。"鲁比说道。

　　"这么多年，我十分了解这个大臣，他本来就是一个懦弱之辈，怎么可能打死凶恶无比的女妖？"聪慧的公主的一番话说得鲁比无言可答。

　　昏死在城外深坑里的伯斯德被一个过路的陶匠发现。

　　无儿无女的陶匠把遍体鳞伤的伯斯德背回了位于城里的家，像亲生儿子一样对待他。伯斯德清醒过来了，嘴里照例每日吐出一颗红宝石。

一天，大臣在街上遇见了穿着华丽的伯斯德。

"若把这个人留在城里，总有一天我的事情会败露，我得除掉他。"大臣想。

从那日起，大臣就开始寻找机会谋害伯斯德。

一天，大臣见国王情绪很好，便趁机进谗言。

"陶匠的儿子是个专横跋扈的家伙，常常无故闹事，应该把他关进监狱。"大臣又编造了一些伯斯德如何专横跋扈的事例。

国王听信了大臣的话，就下令把伯斯德关进监狱。

伯斯德在监狱里度日如年。

一天，一个商人在城里买了大批货物，装船后准备起程，可发现船却怎么也启动不了。有人告诉他，只要在船头上涂抹一些人血，船就能开动。

于是，商人来见国王。

"陛下，请赐给我一个人来祭船，我愿出大价钱。"商人说道。

"我不能强迫臣民这么做，当然，若有人愿意为钱财献出生命，我也不反对。"国王说。

商人四处张贴告示寻找自愿祭船的人，但没有一个人揭贴。大臣得知情由，心生诡计，到国王面前诬陷伯斯德在牢里经常跟其他犯人打架，提议让伯斯德去祭船。

国王听信了大臣的话，怒气难忍，同意大臣把伯斯德交给商人。

"一定要把伯斯德杀死，如果他回来，我就杀了你。"大臣威胁商人。

伯斯德被押上船，了解到商人要用自己的血来让船开动，便劝说商人不要杀他。

"如果你能想办法让船启动，我当然可以不杀你。"商人说道。

伯斯德用小刀在自己手上划了一条小口，把血涂抹在船头，又往河里滴了几滴，只见船果然向前移动了。商人兴奋地跳跃起来，并假惺惺地把伯斯德收为义子，但他并没有忘记大臣的威胁。

一天，商船停泊在另一个王国的港湾，商人和伯斯德上岸观光，只见一扇门上写着"入内者，格杀勿论"。

"我一定要进去看个究竟。"伯斯德对商人说。

商人没有阻拦伯斯德，因为让伯斯德活着本来就是他的一块心病。

伯斯德进门后发现，天鹅绒般的绿色草坪上坐着一位美丽绝伦的公主。公主命令仆人把伯斯德带到面前，问起身世。听到伯斯德的所有遭遇后，公主潸然泪下，竟因此对伯斯德产生了爱慕之情，劝说伯斯德留下与她结婚。

伯斯德怕商人找不到自己，向公主描述了商船停泊的详细地点后，便告辞了。

伯斯德走后，公主来到国王面前，讲述了事情的经过。国王听完了公主的讲述，传旨命商人带他的义子前来觐见。商人听说国王要见伯斯德，吓得魂不附体，以为伯斯德闯进花园惹出了乱子。

商人胆战心惊地带着伯斯德来到国王面前，听到的却是国王要把公主嫁给伯斯德，商人不得不同意他们的婚事。

从此，伯斯德就居住在王宫里，和公主一起过着幸福美满的生活。商人则紧盯着伯斯德，观察着他的一举一动。

过了一段时间，商人向国王提出，要带着儿子和儿媳出境经商。虽然担心公主的安全，但国王想到有勇敢的伯斯德保护着公主，就同意了。

一路上，伯斯德和公主游览着风景，不时地和商人聊聊天。

可当船只快要登陆鲁比国的海岸时，商人想起了鲁比国的大臣曾经让他杀死伯斯德的事，顿时心生一计。

"从现在开始，就由你来掌舵吧，锻炼下掌舵的技术。"商人对伯斯德说。

商人让伯斯德一连掌了两天舵，累得伯斯德躺在床上就睡着了。

商人趁伯斯德熟睡，把他装进一只大箱子里，扔进了大海。

可是，装有伯斯德的这个大木箱不仅没有沉入海底，反而随船漂到了岸边，被一个正在洗衣服的洗衣工打捞上岸。

洗衣工打开箱盖，见有人正在熟睡。善良的洗衣工恰好

也没有儿子，就把他带回了家。

"伯斯德死了，你嫁给我吧，我一定让你过上富裕的日子。"商人以为箱子肯定沉入大海了，就对公主说道。

听说伯斯德死了，公主特别伤心，以死相逼，拒绝了商人。公主终日以泪洗面，茶饭不思。

听伯斯德诉说了自己的遭遇后，洗衣工十分同情他。

"你出去逢人就说自己是一位有造诣的长老，你的祝

福、咒语能使人化危为安，能使困难迎刃而解。其他的事，由我来完成。"一天，伯斯德对洗衣工说道。

洗衣工按照伯斯德说的去做了。很快，这位"长老"的名气传到商人耳朵里。商人想通过长老的咒语使公主早日依从于他，便邀请洗衣工来给公主念咒。

"你的丈夫还活着，就住在我家里。对那个可恶的商人，你暂时得逢场作戏，让他高兴点儿。"趁商人不注意，洗衣工悄悄对公主说。

公主照着洗衣工的话做了。

商人确信洗衣工是个千真万确的长老，毫无戒备之心。伯斯德让洗衣工以祈祷为由接近公主，同时，又让他想办法去见鲁比国王。

"如果你见到了鲁比国王，就对他说：'陛下，我的女儿会讲让人感动的故事，故事的名字叫鲁比和伯斯德，如果你想听，她随时可以来给你讲。'"伯斯德嘱咐洗衣工。

洗衣工为了帮助伯斯德，想了好多办法，最后终于见到了鲁比国王，并按伯斯德所说的去做了。

听了洗衣工的话，国王立刻想起弟弟伯斯德跟他一起逃亡的情景。他本来是想到城里找裹尸布安葬被蛇毒死的弟弟伯斯德的，想不到自己做了国王后，竟把弟弟给忘了。

鲁比国王听说有人会讲这个故事，急迫地想知道故事的结局，就命人将洗衣工的女儿带到面前。

一天，鲁比和伯斯德的亲生父亲老国王正在闭目养神。

"我给了你那么多赏钱，要你告诉大臣把两个王子的首级送来，就这点事儿怎么至今还没办成。"新王后以为老国王睡着了，对宫女说道。

老国王听到新王后的这一番话，恍然大悟，顿时火冒三丈，拔剑杀死了新王后和宫女。老国王随即冲出宫去找大臣，但听大臣说已把两个王子放走了。

老国王非常感谢大臣，暗下决心，不惜一切代价找回两位王子。

老国王按照大臣指给他的两个王子出逃的方向一路寻

去，来到了鲁比国，遇见了正在寻找伯斯德的旅人夫妻。得知实情以后，老国王万分感谢旅人夫妻对伯斯德的救助。于是，他们一同沿路寻找伯斯德。

当听说有一个洗衣工的女儿要进宫讲"鲁比与伯斯德"的故事时，老国王觉得两个主人公的名字与两个王子的名字太巧合了，认为这个洗衣工极可能知道伯斯德的下落。

老国王和旅人夫妻随着人群进入了王宫。

按照洗衣工的嘱咐，公主表面上对商人态度很好，心里却盼着伯斯德进宫给鲁比国王讲故事。到了讲故事那天，公主请求商人让她进宫听故事。

商人虽然害怕公主趁机逃跑，不愿意让公主出去，但为了讨好公主，也就带着她来到了王宫。

伯斯德乔装打扮成洗衣工的女儿，头戴面纱进入了王宫。

鲁比国王热情地接见了"她"。

"我讲故事有一个条件，如果中间有人打断我的故事，就让我父亲用鞋子抽打他一百下。如果大家不反对，我现在就开始讲。"故事开讲前，洗衣工的"女儿"对鲁比国王说道。

鲁比国王因为非常急切地想听故事，自然点头同意了。

洗衣工的"女儿"开始讲"鲁比和伯斯德"的故事。当讲到鲁比所在国的大臣在监狱里使用惨无人道的手段迫害伯斯德时，大臣否认自己曾经做过。

"狠狠地打他一百下！"洗衣工的"女儿"大声说道。

按照"女儿"的吩咐，洗衣工狠狠地打了大臣。

洗衣工的"女儿"讲的故事曲折动人。

大臣不想承认自己的罪行，先后插话三次，每次都被洗衣工狠狠地揍了一百鞋底。

故事讲完后，洗衣工的"女儿"揭开面纱，并告诉大家，自己就是故事的主人公伯斯德。鲁比国王见到自己失散多年的弟弟，又惊又喜，与弟弟拥抱在一起。

老国王听了故事后，流着悔恨的眼泪走到兄弟俩的面前，请求儿子们的原谅。

父子三人抱头痛哭。

老国王拉着伯斯德的手去见旅人夫妻。

失散多年的亲人终于都团聚了。

鲁比国王根据伯斯德的讲述，判处凶残暴虐的大臣死刑，并将他立即斩首。同时，他还重奖了曾经救过伯斯德的旅人夫妻、陶匠以及洗衣工，严惩了那个为富不仁的商人。

在老国王的主持下，伯斯德和公主重新补办了婚礼。

渔翁的故事

　　从前有一个渔翁，带着妻子和三个儿女在海边生活，一家五口靠打鱼为生。

　　渔翁立下了一个奇怪的规矩——无论能否打到鱼，每天只撒四网。

　　一天，渔翁来到海边。第一次收网时，渔翁感觉渔网特别重，便高兴地把网拉了上来，可网里却是一头死驴。

　　渔翁生气地撒下第二网，这次渔网更重了，他费了很大力气才把网拉上来，可捞上来的是一个装满泥沙的水缸。

　　渔翁叹着气又撒下第三网，捞上来的都是一些贝壳和垃圾。

渔翁祈祷后撒下第四网，这次他捞上来一个黄铜瓶，瓶口封着铅封，还盖着印章。

渔翁发现瓶子很重，便拿出小刀，撬开了铅封。突然，一缕青烟从瓶子里冒出来，瞬间变成了一个恐怖的魔鬼。

魔鬼的眼睛发着绿光，嘴巴像个山洞，牙如岩石，鼻孔像喇叭，样子十分吓人。

"我要杀了你，你想选择什么样的死法？"魔鬼对吓得瑟瑟发抖的渔翁说。

"是我把你从暗无天日的海底捞上来，可你却要杀我。"渔翁觉得十分委屈。

"当年我被装进瓶子投入大海，我就发誓，如果有人救了我，我会给他荣华富贵。可一个世纪过去了，没人来救我。第二个世纪开始时，我发誓，如果有人救了我，我就替他开发地下宝藏，可还是没人来救我。到了第三个世纪，我发誓，如果有人救了我，我就满足他三个愿望。整整三个世纪过去了，始终没人来救我。于是我立下誓言，如果谁救了我，我就要杀死他，但可以让他选择死法。"魔鬼失望地说。

"既然非死不可，那你先回答我一个问题，但一定要说实话。"渔翁想了想说道。

"什么问题，你说吧？"魔鬼问。

"这个瓶子这么小，连一只手都装不下，怎么能容下你的身体呢？"渔翁觉得不可思议。

"你不相信我的本事？"魔鬼反问道。

"要不是亲眼看到，我是绝对不会相信的。"渔翁说。

"那我就让你见识见识！"魔鬼摇身一变，变成一缕烟，钻进瓶子，渔翁立刻塞住瓶口。

"我要把你扔回大海，让你永远无法害人！"渔翁大声说道。

"放了我吧，我刚才是在和你开玩笑！"魔鬼哀求道。

"你这个背信弃义的家伙，别再骗我了！我给你讲讲《国王和医师》的故事吧，听完你就知道我为什么不能相信你了。"渔翁说。

从前有个国王，名叫郁南。他得了一种怪病，浑身又疼又痒。宫里有很多名医，却没人能治好他的病。国王每天都被疾病折磨得痛苦不堪。

有一个叫都班的医师精通药理，专治疑难杂症。得知国王的病状后，都班研究了一整夜医书，第二天来到王宫，要为国王治病。

国王立即召见他，询问治病方法。

"很简单，既不用吃药，也不用涂膏，只要好好玩儿一场，您的病就会好的！"都班对国王说。

"真的吗，如果你治好我的病，我就重重赏你！"国王虽然将信将疑，但还是决定让都班试一试。

都班从王宫回到住所，精心配制药剂，然后把药剂装到一根曲棍里，再给曲棍装上柄，最后又做了一个精美的球。

第二天，都班带着曲棍和球来到王宫。

"现在，就请您痛痛快快地打一场球吧!"都班兴奋地说。

"你什么时候给我治病啊?"国王不解地问。

"您痛痛快快地打一场球，直到身体和手心出汗，然后回宫洗个澡，安心地睡上一大觉，明天早晨，您的病就会痊愈!"都班告诉国王。

国王按照都班的话，打完球回宫洗澡睡觉。第二天一觉醒来，他惊奇地发现，身上不疼也不痒了。

国王非常高兴，赏了都班很多金银财宝，还经常宴请他。一个大臣见国王如此厚待都班，便心生嫉妒。

"国王，都班治好了您的病，您赏赐他没错，可您这么亲近他、信任他，就让人担心了!"大臣悄悄地对国王说。

"为什么呢?"国王感到十分诧异。

"据我所知，他是敌国派来的奸细，您一定要严惩他!"大臣不怀好意地说。

"都班医师治好了我的病，如果惩罚他，我一定会后悔莫及的，就像《桑第巴德和猎鹰》的故事里说的那样。"国王不为谗言所动。

于是，国王给大臣讲起了故事。

桑第巴德是一位国王，酷爱狩猎。他养了一只猎鹰，每天都将它带在身边，还特意铸造了一个金碗，挂在猎鹰的脖子上，以便它饮水吃食。

一天，桑第巴德带领大臣们去打猎，在树林中发现一只羚羊，决心抓住它。

大臣们都拿出了看家本领去追赶羚羊。羚羊左跳右窜，突然跑到桑第巴德的身边，抬起两只前脚，好像是在向国王致敬。看见羚羊奇怪的举动，桑第巴德一愣。羚羊趁机逃跑了。

桑第巴德又气又恼，发誓一定要抓住这只羚羊。

桑第巴德带着猎鹰去追赶羚羊。在猎鹰的帮助下，桑第巴德很快抓住了它。

大家又累又渴，而附近却找不到水源。桑第巴德发现一棵树上流下一种奶油似的液体，便从猎鹰脖子上取下金碗，接了一碗准备解渴。猎鹰突然冲过来，用翅膀打翻了金碗。桑第巴德以为猎鹰渴了，就又接了一碗给它，猎鹰又一次将碗打翻。桑第巴德很生气，又接了一碗准备饮马，没想到猎鹰再次冲上来打翻金碗。

桑第巴德一怒之下砍断了猎鹰的翅膀。猎鹰忍痛看了看国王，又看了看大树，好像要说什么。

桑第巴德抬头一看，只见树干上有一条巨蛇，正吐着毒液。桑第巴德这才知道自己错怪了猎鹰。

国王讲完故事，然后看着大臣。

"这回你明白我为什么不惩罚都班医师了吧？"国王问道。

"国王，请您相信我的一片忠心！我是为了让您看清事实真相，不被坏人蒙蔽和伤害啊！"大臣狡辩道。

"都班治好了我的病，就是我的恩人。你这样诬蔑他，就不怕我惩罚你吗？"国王十分生气。

"国王，我宁愿接受处罚，也不愿意因我的失误和怯懦让您受到伤害。您还是听听《王子和食人鬼的故事》吧！"大臣对国王说。

相传古代有一个国王，他很重视对王子的教育，专门派一个大臣陪伴王子。

一天，大臣陪着王子上山打猎，他们在山中碰到了一头凶猛的野兽。野兽看到打猎的队伍，转头逃入丛林深处。

由于林中环境复杂，所以王子并不打算去追赶野兽。

"不要放过这头野兽，您神勇无敌，一定能制服它。如果连一头野兽都制服不了，臣民们一定会嘲笑您的。"大臣怂恿道。

听了大臣的话，王子觉得非常羞愧，便不顾危险，独自一人向丛林深处追去。

王子越走越远，竟然迷路了。忽然，传来一阵哭声。

王子循声寻找，发现一个姑娘正在路边哭泣。

"你是谁，为什么这么伤心？"王子觉得奇怪。

"我途经这里，不小心从马上跌了下来，摔得昏迷不醒，等我醒来，就在这山林里迷了路。"姑娘哽咽着告诉王子。

"我也迷路了，咱们一起寻找回家的路吧。"王子将姑娘扶上马。

王子带着姑娘在荒山野岭到处乱转，突然发现远处有一处废墟。

"王子，我想请你在这里等我一会儿。"姑娘说完一个人走进废墟。

王子等了很久也不见姑娘回来，就悄悄前去查看，却发现姑娘正和一群小妖怪们商量事情。

原来姑娘是一个食人鬼。

"孩子们，我找到了一个又香又嫩的年轻人，你们说该怎么吃掉他呢?"姑娘吐着长长的舌头说。

王子吓得心惊肉跳，急忙跑出废墟。

王子刚要离开，姑娘就追了出来，质问王子为什么要走。

"我刚才遇到了坏人。"王子说。

"你是王子，有那么多钱，为什么不用钱收买他呢?"姑娘质问道。

"她是一个吃人魔鬼，不要钱，只害人性命。"王子回答说。

"你怕了吗?"姑娘哈哈大笑。

"我怎么会怕呢。我是王子,如果有人想伤害我,神会替我消灭她的!"王子高傲地说。

姑娘听后非常害怕,带着小妖怪们匆匆逃走了。

王子安全地回到王宫。国王了解了事情的经过后非常生气,下令处死了那个怂恿王子的大臣。

大臣讲完了故事。

"国王,越亲近的人,谋害您的机会就越多。都班能在不知不觉中治好您的病,也能神不知鬼不觉地置您于死地啊!一定要处死他,以绝后患!"大臣恶狠狠地说。

国王听信了谗言,宣布要处死都班。

"请看在我治好您的病的份上,让我去见亲人的最后一面吧,我还要取一本珍贵的书来献给您呢!"都班恳求道。

"什么书?"国王好奇地问。

"这是秘密,您砍下我的头,按我说的去做,我的头就会回答您的问题。"都班神秘地说。

听说被砍掉的头还能说话，国王觉得十分好奇，便答应了都班的要求。

都班回家准备了一番，返回王宫，将一本书和一个装满药粉的盘子放到国王面前，说他的头被砍下来后要装到盘子里，然后就可以看书了。

国王砍下都班的头，迫不及待地要翻开书，却发现书页粘在了一起，于是便用指尖蘸了唾液翻书，可一连翻了六页也没发现字迹。

"书里怎么没有字呢？"国王很诧异。

"您继续翻就能看到了！"都班的头说道。

国王继续翻书，忽然觉得头晕眼花，浑身颤抖，他明白自己中毒了。

"你为什么要对我下毒？"国王质问道。

"您不杀我，我又怎么会对您下毒呢？"都班的头叹了口气说道。

国王绝望地栽倒在地，死掉了。

渔翁的故事讲完了。

"如果你不想害我，我又怎么会想把你投入大海呢?"渔翁对魔鬼说。

"听了这个故事，我终于明白了害人害己的道理。我发誓，今后一定不再害人了。善良的渔翁，放我出来吧，我要送你一样东西，让你从此过上幸福的生活。"魔鬼诚恳地说。

渔翁相信了魔鬼，决定再给他一次机会，于是把魔鬼放了出来。

"我再次放了你，你该履行诺言了吧。"渔翁还是有些忐忑不安。

"你跟我来吧!"魔鬼回答道。

魔鬼迈着大步往前走，渔翁胆战心惊地跟在后面。

他们翻山越岭，来到一个山谷。山谷中有一片清澈见底的湖泊，渔翁惊奇地发现，湖里游动着四种颜色的鱼儿。

"撒下你的网，把这些漂亮的鱼打上来吧。记住，每次每种颜色的鱼只能打一条!"魔鬼嘱咐道。

按照魔鬼说的,渔翁很快打上来四条不同颜色的鱼。

"这些鱼就是我对你的报答。你把它们献给国王,一定会得到赏赐的!"魔鬼说完,转眼就不见了。

渔翁把鱼装进一个玻璃缸里,献给了国王。国王赏了他四十个金币。

看着色彩鲜艳的鱼,国王迫不及待地想尝尝它们的味道。他忽然想起,前两天王宫来了一位女厨,听说她特别擅长烹饪,便吩咐大臣把鱼交给女厨。

女厨把鱼洗干净放进锅里。奇怪的事情发生了,厨房的墙壁突然裂开一道口子,一个美丽的姑娘从里面走出来。

姑娘身披一条围巾,耳朵和手上戴满了珍贵的宝石首饰,手里握着一根藤杖,站在锅前。女厨被眼前的一幕吓呆了。

"鱼啊鱼,你们还记得咱们当初的约定吗?"姑娘突然问道。

"记得，只要你不反悔，我们一定遵守诺言。"锅里的鱼异口同声地回答说。

看到这恐怖的一幕，女厨立刻被吓晕了。

姑娘点了点头，用藤杖掀翻了锅，走进墙壁的口子里，口子自动合拢，恢复了原样。

国王等得十分着急，便吩咐大臣去厨房查看。大臣来到

厨房，看到烧焦的鱼和昏倒在地的女厨，气得暴跳如雷，立刻用脚踢醒女厨。

女厨把刚才发生的怪事儿说了一遍。

"你煎坏了鱼，还胡编一个荒唐的故事，想蒙骗国王吗?"大臣不相信女厨的话。

"我发誓没说一句谎言。"女厨哭着跪地求饶。

大臣将信将疑，又派人叫渔翁送来四条鱼。

女厨刚把鱼放进锅里，怪事又发生了。大臣这回才彻底相信，便带着女厨，去向国王禀告此事。

国王觉得不可思议，非要亲眼看看不可，于是吩咐渔翁再送来四条鱼。

"你再煎一次鱼，我倒要看看会不会再有怪事儿发生。"国王对女厨说。

女厨按照国王的吩咐开始煎鱼，墙壁再一次裂开了，但这次走出来的是一个又黑又壮的男仆。男仆手握一根树枝，径直走到锅前。

“鱼啊鱼，你们还记得从前的约定吗？”男仆粗声粗气地吼道。

“记得，只要你不反悔，我们是不会忘记约定的。”锅里的鱼回答道。

男仆举起树枝掀翻了锅，然后消失不见了。

国王看着被烧焦的鱼，惊讶不已，决定把渔翁找来问个究竟。

“该死的渔翁，你是从哪儿弄来的这些奇怪的鱼的？老实说，你是不是想谋害我？”国王生气地问道。

“国王，我怎么敢谋害您呢？这些鱼是我从离城很远的一个湖里打来的，我只知道它们色彩艳丽，其他的就不知道了。”渔翁吓得跪倒在地。

国王迫切地想弄清事情真相，决定亲自率卫队去湖边看一看。

在渔翁的带领下，国王一行人浩浩荡荡地出发了。

国王很快来到湖边，看到湖里的四色鱼又惊又喜，发誓一定要弄清楚湖泊和四色鱼的来历，于是吩咐侍卫在湖边安营扎寨。

"我要独自研究湖泊和四色鱼的来历，不许任何人打扰。为了防止有人闯进来，你就守在帐外，听明白了吗？"国王吩咐道。

聪明的大臣明白了国王的意思，尽职尽责地在帐外守着。

夜深了，国王换下朝服，带上宝剑，悄悄溜出了营帐。

国王跋山涉水，走了两天两夜，终于发现远处有一座宫殿，便加快脚步向那里走去。

这是一座用黑色石头砌成的宫殿，看上去十分神秘。

国王试探地敲了敲门，没人回答。国王鼓足勇气，推开大门，来到了院子里。

"有人吗，我是一个过路的异乡人，走了很远的路，又累又饿，可以给我一点儿吃的吗？"国王站在院子里高声喊道。

国王一连喊了几遍，都没人回答。无奈，他只好推门走进屋子。房间里布置得井井有条，铺着地毯，国王知道这不是普通人居住的地方。

突然，一阵咳嗽声传进了国王的耳朵。

国王循着声音走去，发现一个眉清目秀的年轻人坐在一张大床上。年轻人身穿华丽的衣服，头戴王冠。

"你好，尊贵的客人，我身有顽疾，不能站起来迎接你，请原谅我的失礼。"年轻人彬彬有礼地说。

"没关系，我是为了弄清楚湖泊和四色鱼的来历才来打扰的。看到你愁眉不展的样子，我很伤心。能告诉我，这里为什么只有你一个人吗？"国王疑惑地问。

"您看看我的下半身吧！"年轻人撩起被子哽咽地说。

国王惊奇地发现，年轻人的腰部以下，竟是坚硬的石头。

"这回你明白了吧。"年轻人伤感地说。

"你的状态让我痛心，我已经不想再追究湖泊和四色鱼的事了，只想知道在你身上究竟发生了什么，也许我能帮助你。"国王叹了口气说道。

"我的遭遇与湖泊和四色鱼的来历有关，知道我的遭遇，自然就知道了它们的来历！"年轻人回答说。

原来，年轻人是黑岛国的王子。

一天，他的妻子出去游玩，王子躺在床上，侍候他的两个宫女以为他睡着了，就说起了悄悄话。

"王子实在太可怜了，这么年轻英俊，竟然跟一个魔女生活在一起！"一个宫女悄声说道。

"唉，谁让王子一直蒙在鼓里呢！魔女把麻醉药放在酒里，每晚哄主人喝下。等主人昏迷了，她便溜出去胡闹，早上回来再焚香熏醒主人。"另一个宫女说。

听了宫女们的谈话，王子十分气愤，决定跟踪妻子。

晚餐时，王子偷偷倒掉了妻子为他斟上的酒，吃完饭躺到床上假装睡觉。妻子以为王子睡着了，立刻换上了华丽的衣服，出了门。

王子从床上爬起来，悄悄跟在后面，看见妻子走进一间圆顶屋子。

王子发现屋里有一个相貌丑陋的男仆，穿着一身肮脏的衣服。妻子正跪在男仆脚边哭泣，请求男仆原谅她来晚了。男仆命令她吃掉老鼠骨头，她立刻照办。

看到这些，王子忍无可忍，便趁妻子离开，提剑冲了进去，一剑刺中了男仆。

王子以为男仆死了，便匆匆回到王宫。

第二天清晨，妻子穿着丧服，来到王子面前。

"我刚刚得知我的母亲病逝了，父亲战死疆场，两个兄弟也都死了，我要为他们哀悼守孝。"妻子悲伤地说。

妻子终日哭泣，还布置了一间哀悼室，以守孝之名，让男仆在里面养伤。

原来男仆并没有死，但是伤得很重。

一天，王子来到哀悼室的外面，看见妻子正无微不至地侍候男仆，不禁勃然大怒。

"他已经成了废物，你为什么还要对他恋恋不舍?"王子质问道。

"都是因为你，是你让他忍受着伤痛的折磨!"魔女声嘶力竭地叫喊道。

看见妻子的样子，王子气得浑身发抖，立刻拔出宝剑。

"你休想再伤害他，我要你付出惨痛的代价!"魔女念动咒语，将王子下半身变成了石头。

魔女还对城里的每个角落都施了魔法，将所有人分别变成了四种颜色的鱼。

为了发泄心中的怨恨，魔女想尽办法折磨王子，每天都鞭打他。

听完王子的控诉，国王勃然大怒。

"那个该死的男仆和可恶的魔女在哪儿？我一定要为你讨回公道!"国王气愤地喊道。

"男仆住在哀悼室里，我的妻子住在隔壁的房间里。每天早晨，她会先来打我一遍，然后再去侍候男仆。"王子告诉国王。

第二天一大早，国王就直奔哀悼室，一剑刺死了男仆，然后把尸体扔进了井里。

国王把男仆的被子披在身上，静静地等候魔女到来。

很快，魔女端着汤来到哀悼室，跪在国王面前。

"我又把那个伤害你的人狠狠打了一顿。你还有什么要求，快点儿告诉我！"魔女说道。

"都是你害了我！"国王模仿男仆的口气说。

"我这么爱你，怎么会害你呢？"魔女十分惊讶。

"你每天打你的丈夫，他的哀号声搅得我睡不着觉！"国王假装虚弱，断断续续地说。

"那该怎么办呢？"魔女战战兢兢地问。

"你饶了他，让我安静养伤！"国王说。

"那我这就把他放了！"说完，魔女起身向王宫走去。

魔女来到王子面前，念动咒语。王子立刻站了起来。

魔女回到哀悼室向男仆邀功。

"你虽然放过了王子，可是夜深人静的时候，湖里的鱼便会骂声一片，搅得我不得安宁。你要想让我早点儿好，就赶快解除了它们身上的魔法！"国王呻吟着说。

魔女对男仆唯命是从，立即解除了四色鱼身上的魔法。

"我已经按你的吩咐放了他们，让我带你去看看吧！"魔女回到哀悼室说道。

"太好了，快扶我起来。"国王假装虚弱，压低了嗓音说，然后趁机抽出宝剑，一剑刺穿了魔女的胸口，为王子报了仇。

恢复了自由的王子万分感激国王。国王也很喜欢王子，正好膝下无子，便将王子认作儿子，带回了王宫。

国王回国后励精图治，王国越来越兴盛。为了让王子安心陪在他身边，国王委派大臣去管理黑岛国。

由于弄清了湖泊和四色鱼的来历，还认了一个孝顺的儿子，国王特别高兴。他觉得是渔翁给他带来了好运，于是把渔翁召进宫中，赏给他很多金银珠宝。

　　国王派人把渔翁的妻儿也接进王宫，还让他的儿子做了官。

　　从此，渔翁一家人便在宫中享受着荣华富贵，过上了舒适安逸的生活。

窝尼睦的故事

富商阿尤勃在国王哈里发执政的时候，有很多财产，并且有一对儿女。

儿子窝尼睦长相俊秀，口才出众，女儿裴特娜·凡丽黛也美丽动人。

阿尤勃去世后留下了许多遗产，其中大部分珍贵的货物准备运往巴格达。

窝尼睦继承了父亲的事业，带着货物去巴格达经营生意了。巴格达当地的一些富商和知名人士都来拜会他，窝尼睦和他们成了好朋友。

他把带过去的货物规定好价格，在市场上和商人们交易，获得了双倍利润。

第二年，窝尼睦又来到市场，可是大门紧闭。原来，有一个商人去世了，所有人都在参加葬礼。

"你愿意参加葬礼吗?"有人问他。

"我愿意。"于是，窝尼睦随送葬队伍出城去了墓地。

他在墓地的帐篷中一直待到天黑，突然觉得很害怕，认为自己是一个外乡人，如果离住所太远，恐怕会遇到坏人，于是找了一个理由辞别送葬的宾客，匆匆离开了墓地。当窝尼睦急匆匆地赶到城里时，城门已经紧紧关闭了。

窝尼睦打算找个地方过夜，等天亮再进城。在他徘徊的时候，突然发现附近矮墙边有一块墓地。墓地旁有一株高大的枣树，墓上面一道石门敞开着。于是，窝尼睦钻了进去，准备在这里暂住一晚。

夜深了，墓地的阴森和恐怖使他不能入睡。窝尼睦想离开这里，于是往出走，走到石门前的时候，看见一束火光由远而近。

他仔细观察，看见火光往墓地这边移动，吓得倒退了几步，迅速把门关上，爬到枣树上。

只见火光越来越近，原来是三个奴隶来了。一个拿着灯笼走在最前面，另外两个抬着一个大木箱。

"萨瓦补，刚才咱们吃完饭离开这里的时候，石门不是开着的吗？"三个奴隶来到坟墓前，其中一个名叫卡夫尔的人觉得很奇怪。

"是啊，可是现在怎么关上了？"萨瓦补也很吃惊。

"肯定是半夜进不去城的人路过这里，逃进坟墓，把门关上躲在里面！"另一个叫白侯图的奴隶回答。

三个奴隶商量怎样才能从石门进去。最后，大家决定由一个人翻墙进去，把门打开，然后再把箱子抬进去。

"我们抬着箱子走了这么多的路，现在可以歇歇了吧！"进来后，三个人面对面坐下了。

"我们每个人都讲讲自己的故事吧，还有脸上被烙火印的原因！"卡夫尔建议。

"那我先说吧！"白侯图举手示意。

白侯图娓娓讲述：我八岁的时候开始撒谎，每年都说一次，用来欺骗人贩子，每次效果都非常好，弄得大家鸡犬不宁。所以人贩子很头疼，最终决定把我带到奴市上卖掉，并把我爱撒谎的毛病告诉大家。

最后，我被一个非常富有的商人买走了。第二年粮食大丰收，家家开宴会庆祝。我的主人也在庄园中设下宴席，和商界的朋友们吃饭。

中午的时候，他命令我去家中太太那里取一件物品，让我骑骡子快去快回。

路上，我想到今年的谎言还没有说，就编好了谎话，往太太的住处赶去。

快到家门口的时候，我大声哭喊，邻居全都围了过来。太太和小姐听到我的哭声，赶紧跑出来，问我发生了什么事情。

我抑制住悲伤，告诉太太和小姐，老爷和他的朋友们在一堵古墙下面谈笑，古墙突然倒塌，把他们都压死了。

太太和小姐听了我的话，也都大声哭喊起来，并且撕破了自己的衣服，不停地打自己耳光。当时，太太像疯了似的看到什么就摧毁什么，门窗和屋里的摆设全部被砸毁。

"该死的白侯图，快点来帮我！"她一边打砸，一边骂我。

我自然十分乐意听从她的指挥，把剩余物件都砸得粉碎，所有家什都毁在我的谎言里。

"白侯图，快点儿带我去老爷被压的地方，我要把老爷的尸体挖出来，装进棺材好好安葬！"披头散发的太太命令我。

在我们出城的时候，人们都十分吃惊地打探情况，因为有人把我口中的消息透露给大家了。省长听到消息也立刻带领人员携带营救工具从后面赶了过来。看热闹的也加入到队伍当中。

快到庄园的时候，我急步把哭喊的队伍甩在后面。

"我的太太啊，你死了以后还有谁来疼我啊！"狼狈不堪的我跑到主人面前大声哭喊。

"白侯图，家里发生什么事情了？"主人看见我如此伤心，吓得脸色苍白。

"主人啊，家里的屋子倒塌了，把太太小姐都压死了，就连家里的牛羊和鸡鸭也都被压成了肉饼！"我十分悲切地告诉主人。

主人听完我的话立即瘫软了。

受到强烈刺激的主人摇摇晃晃地走出庄园。商界的朋友们也都留下了同情的泪水，随他一起哭泣。

走出庄园后，主人发现门外一片哭喊声，景象十分凄惨，仔细一看，原来是省长带领部下结队而来，太太和女儿都十分伤心地走在队伍里。当他和太太互相看到对方的时候，都愣住了。小姐跑过来拥抱和亲吻了主人。

"家里发生什么事情了？"主人焦急地问。

"我们在家平安无事，是白侯图报告说你和你的朋友们被坍塌的古墙压死了，老爷你是怎么脱险的？"太太忙问。

"混账奴才，造成如此严重的后果，我一定要剥你的皮，割你的肉，给你最严厉的惩罚！"主人立刻明白是我说谎造成的后果，愤怒地找到我大骂。

"主人，当初你买下我的时候，就是买了我每年都会撒一次谎的缺点。再说我现在只是撒了一半的谎，到年终我说了另一半才算一次呢！"我镇定地辩解。

　　"撒一半谎就造成如此严重的后果，要是撒一次谎那还不把整座城市都摧毁了！"主人大发雷霆，越想越气，带我去见省长。

　　省长奖赏了我一顿鞭挞，并且刺破我的脸，烙上火印，然后把我带到奴市上拍卖。

　　之后，我就不断在新主人家作祟捣乱。最后，没有人敢再买我，于是我就流落到了王宫。

　　"你真是一个胆大妄为的家伙！"白侯图把自己的故事讲完后，伙伴们都哈哈大笑。

　　"现在不是讲故事的时候，天快亮了，我们要是不把这个木箱处理妥当就性命难保了！"卡夫尔提醒大家。

　　于是，三个人一起动手，按照箱子的尺寸挖了一个半人高的深坑，然后把木箱挪了进去，埋上土，这才安心关上门走出坟茔。

　　提心吊胆的窝尼睦看到三个奴隶走出坟茔，这才把悬着的心放下来。

天渐渐亮了，窝尼睦从枣树上下来，用手刨开箱子上的土，把木箱从坑里拿出来，又找来一块石头把锁砸开。

他打开箱子后，不由得大吃一惊，原来箱子里面昏睡着一位衣着华丽的漂亮女子。

窝尼睦觉得她一定是被人陷害了，连忙进行紧急救护。他把女子从箱子里抱出来，让她平躺在地上。

女子呼吸到了新鲜空气，打了几个喷嚏，猛然咳出一块足以麻醉一头大象的麻醉剂，紧接着就苏醒了。

"快给我一点儿水解渴！"她用好听且威严的口气命令。

见没人回应，女子惊慌失措，看到自己在坟茔里，便祈求窝尼睦告诉她是谁把她带到这里。

窝尼睦告诉她，昨天夜里有三个奴隶用木箱把她抬到这里，是自己把她救出来的。

"现在，你把我装进箱子，然后去路口雇一匹牲口把我带回你的家，到家后我给你叙述我的身世和遭遇，相信我会给你带来好运！"女子十分感谢窝尼睦。

窝尼睦十分开心，跑到路口找牲口。路上人们来来往往，他向牲口的主人雇了一匹骡子，来到坟茔，把木箱子驮回家。

回到家，窝尼睦急忙打开箱子让女子出来。

"我的主人，给我弄一点儿吃的吧！"女子看到屋子里的摆设富丽堂皇，还看到十分昂贵的布匹和货物摆在那里，知道窝尼睦是一位富商。

窝尼睦跑到集市上，买了肉和蜡烛，与女子共同享用，吃饱喝足后便各自倒在床上睡去。

第二日，他发现女子性格温和，便十分爱慕，请求女子和他结为夫妻。

"我叫姑图·谷鲁彼，从小生活在宫中，等到成年后，国王哈里发见我天资美貌，就娶我为妻，十分宠爱我，没想到却引起了王后的妒忌，经常陷害我。"姑图·谷鲁彼说。

于是，姑图·谷鲁彼讲述了她的遭遇。有一天，王后祖白玉黛趁哈里发出巡的时候找到姑图·谷鲁彼的一个侍女，让她趁姑图·谷鲁彼熟睡的时候把迷药放在她的水里，如果事情办好会给她很多奖赏。

侍女把迷药偷偷放在姑图·谷鲁彼喝的水中，姑图·谷鲁彼眩晕后倒下了。

王后祖白玉黛命人把她装进木箱，然后收买了门房和奴隶，趁着黑夜把她抬出宫，送到那块坟茔。

窝尼睦听完姑图·谷鲁彼的话吓出一身冷汗，觉得这是一件非常棘手的事情，自己似乎陷入了危险之中。

接触时间长了，姑图·谷鲁彼发现自己爱上了窝尼睦。窝尼睦看到姑图·谷鲁彼对自己有了感情，心里十分欢喜。

祖白玉黛谋害姑图·谷鲁彼后，心里一直惶惶不安，怕哈里发回来知道真相。

犹豫片刻后，她找来手下一位诡计多端的老太婆，让她出谋划策。老太婆立刻献计，让祖白玉黛找个木匠造一个假人，在宫中建一座坟墓，把假人埋葬在里面，然后谎报说姑图·谷鲁彼突发重病去世了，让宫中的人都穿上丧服。

如果哈里发要在坟前守灵，心生怀疑要揭开寿衣看的时候，你就告诉他不允许这样做。那时候他就会相信，并且还会感谢你厚葬了姑图·谷鲁彼。

祖白玉黛听了老太婆的计策，认为可行，便打赏了她，并依计行事。

哈里发出巡回来，见奴仆们都穿着丧服，大惊失色，来到后宫看到祖白玉黛也穿着丧服，急忙询问缘故。

祖白玉黛把姑图·谷鲁彼病故的消息告诉了哈里发。哈里发当时就晕倒了，苏醒后追问安葬姑图·谷鲁彼的地方。

"我把她葬在了宫里！"祖白玉黛告诉他。

哈里发匆匆前去，看见坟前灯光通明，毡毯铺地，心里十分感激祖白玉黛，可是对姑图·谷鲁彼的死心存怀疑，于是在忐忑中命人把尸体刨出来检验。

"别做伤天害理的事情了，让她的灵魂得到安宁吧！"老太婆趁机说。

于是，哈里发便命人把尸体埋葬了。

　　哈里发打算在坟前守灵一个月。一天，他刚从睡梦中醒来，就听见两个宫女的谈话。

　　"海玉祖兰，你知道坟里埋的是木头人吗？主人这是在守着假人伤心呢！"只听其中一个宫女格萃补说。

　　"那么姑图·谷鲁彼到底怎么了？"海玉祖兰问。

　　"是王后祖白玉黛吩咐下人用迷药麻醉了她，装在木箱

中打发几个奴隶把她扔到城外的荒冢里埋掉了。"格萃补回答。

"那她现在怎么样了，还活着吗？"海玉祖兰十分震惊。

"她现在和一个叫窝尼睦的青年在一起呢，已经快四个月了！"格萃补忙说。

听了宫女的闲谈，哈里发勃然大怒，命人把宰相张尔蕃找来。

"你立刻带人马去窝尼睦家把姑图·谷鲁彼给我夺回来！"他抑制不住心中的怒火。

张尔蕃得到命令后，马上找到省长。省长带着大队人马来到窝尼睦的住所。窝尼睦和姑图·谷鲁彼的脸色变得苍白，知道哈里发知道了真相，并且会给他们最严厉的惩罚。

姑图·谷鲁彼让窝尼睦趁乱逃出去。

"我舍不得离开你，我的财物也都在屋子里呢！"窝尼睦说。

"你要是不走，不但你的财物没有了，我也将会永远失去你！只要你逃出去，我就有办法保全性命，只有这样我们以后才有机会再相聚。"姑图·谷鲁彼大声说。

窝尼睦觉得姑图·谷鲁彼的话很有道理，就穿上了她递给的旧衣服，并且把那锅还没来得及吃的炖肉放在筐里，里面又放了些碎馍和乳饼，扮成下人的模样逃出去了。

姑图·谷鲁彼把屋里的金银收拾一箱，托张尔蕃带回宫中替她暂时保管。

张尔蕃没有捉到窝尼睦就把他的家扫荡一空，并下了追捕令缉拿窝尼睦。

哈里发命人追查到窝尼睦的老家，看到他的母亲和妹妹坐在坟墓前悲伤地哭泣。

官兵逮捕了窝尼睦的母亲和妹妹，在审讯中追问窝尼睦的下落。

"窝尼睦出门一年多了，至今一点儿消息都没有，我们真的不知道他的下落！"窝尼睦的母亲哭着说。

见她们母女真的一无所知，哈里发就把她们释放了。因为家被官兵砸了，她们母女无家可归，开始了流浪生活。

窝尼睦失去了姑图·谷鲁彼和所有财产，精神上遭受到巨大打击，一边逃亡一边哭泣，疲惫不堪地流落到一个乡村。

在破屋中，他忍饥挨饿，艰难地度过了黑夜。第二天，人们发现了奄奄一息的窝尼睦。

"可怜的年轻人，你从哪里来啊，为什么这样疲惫虚弱？"大家问。

窝尼睦伤心流泪，沉默不语。于是，一些好心人便给他送来衣服和食物。

窝尼睦的病情越来越严重，村民们都很同情他，雇了一头骆驼准备把他送到城里的医院门口，希望医院能够发现并且救治他。

就在窝尼睦被送走的前天晚上，他的母亲和妹妹一路乞讨也流落到这个村子。

由于窝尼睦太狼狈，连母亲和妹妹也没有认出来。窝尼睦被送走了，她们和村子里的人一样伤心难过。

天黑的时候，驮夫把窝尼睦送到医院门口，就赶着骆驼回去了。就这样，窝尼睦在医院门口过了一夜。

第二天清晨，过路人发现了骨瘦如柴、奄奄一息的窝尼睦。

"让我积德救这个人吧，如果他住进医院，得不到很好的护理，很快就会死掉！"一个商人经过那里，一边驱散看热闹的人群，一边热心地说。

于是，他把窝尼睦带回家，吩咐仆人给他准备新床和被褥。

"你好好照顾他，就像对待我们的亲人一样！"商人嘱咐老婆。

姑图·谷鲁彼回宫后，被哈里发囚禁起来，非常凄惨地过了八十天。

"善良的窝尼睦，你保护了你最敬重的人的妻子，你是多么纯洁高尚。可是他以德报怨，使你颠沛流离，不过终有一天，会有一个公正的裁决者，让你重获自由。"有一天，哈里发从囚室的门前经过，突然听见姑图·谷鲁彼在里面叹息。

"作为补偿，你有什么要求就尽管提吧，我一定答应你！"听了姑图·谷鲁彼的抱怨，哈里发知道她受了委屈，命人把她从囚室里放出来，并且对自己的行为感到万分愧疚。

"我只希望你能让我找到窝尼睦，然后把我赏赐给他。"姑图·谷鲁彼十分高兴。

"我让他受到了委屈，如果你能找到他，我就把你无偿地赏赐给他！"哈里发说。

"让我出去找，说不定我们很快就会相遇！"姑图·谷鲁彼特别开心。

哈里发允许了她的请求。十分欢喜的姑图·谷鲁彼带了一千个金币出去寻找窝尼睦。一路上，她替窝尼睦救济生活困难的可怜人。

"请你拿这钱去救济那些可怜的异乡人，说不定我的窝尼睦现在就是和他们一个样子呢！"姑图·谷鲁彼拜访了商人，把金钱交给他。

"好心的太太，现在劳驾你到我家看看从异乡流落到这里的一个可怜无比的年轻人吧！"商人收下钱对姑图·谷鲁彼说。

姑图·谷鲁彼点点头，随他回家了。其实，家里的那个可怜人就是窝尼睦。

到了商人家，姑图·谷鲁彼向女主人致意。

"你家收留的那个外乡年轻人在哪里？"她赶紧问。

"他病得很严重，可是即便这样，还是能看出一些贵族气质。"女主人淌着同情的泪水，带着姑图·谷鲁彼来到窝尼睦的床前。

姑图·谷鲁彼仔细打量着，只见此人骨瘦如柴，面色憔悴，昏迷不醒，致使她无法辨认出这个人就是窝尼睦。

"人无论生得怎样富贵，到了背井离乡的时候都是这样凄惨可怜。"她感叹道。

姑图·谷鲁彼不忍立刻离去，帮女主人细心照顾病人。

"好心的太太，今天城里又来了两个异乡人，模样长得不错，眉宇间隐约显露出富贵气质，只是穿得破烂不堪。两个人都眼泪汪汪，满脸愁云，看上去十分可怜，希望你能收留她们。"商人说。

"她们在哪里？我十分渴望见到她们！"姑图·谷鲁彼很焦急。

商人立刻领姑图·谷鲁彼去见窝尼睦的母亲和妹妹。

"可怜的人啊，以后我一定保护你们！"姑图·谷鲁彼看到她们母女落魄的样子，洒下了怜悯的泪水。

"我们会保护你们这些可怜的穷苦人，你们都是因为遭受到了横祸才弄得倾家荡产，到处流浪。"商人说。

"希望我们母女可以早一天和我的儿子窝尼睦团聚！"窝尼睦的母亲和妹妹回忆着过去的幸福生活，又想到劫难后的痛苦和窝尼睦的失踪，十分哀伤。

"今天你们就和苦难告别了，再也不用为生活愁苦了。"姑图·谷鲁彼听了母女二人的叹息，知道她们是窝尼睦的母亲和妹妹，于是吩咐下人带她们去沐浴更衣，视为上宾。

第二日，她骑马去商人家，和女主人谈论起窝尼睦的病情。

"那个年轻人的病情怎么样了，有什么起色吗？"姑图·谷鲁彼问女主人。

"还是老样子。"女主人回答。

"走吧，我们一起去看看他。"姑图·谷鲁彼说。

于是，她和女主人一起进屋去看窝尼睦，坐在他的床前闲谈。当时，奄奄一息的窝尼睦在昏迷的状态中听到了姑图·谷鲁彼的名字，身体里突然生出了一股强大的力量，努力睁开眼睛，挣扎着抬起头。

"姑图·谷鲁彼！"他用微弱的声音呼喊。

姑图·谷鲁彼听见年轻人呼喊自己的名字，就仔细打量，终于辨认出他就是窝尼睦。

"我的爱人啊，我终于见到你了！"姑图·谷鲁彼十分激动，前去拥抱亲吻窝尼睦，由于欢喜过度昏厥了。

"我们终于团聚了！"窝尼睦的母亲和妹妹听见她们的谈话，也昏倒在窝尼睦的面前。

过了很久，她们才渐渐苏醒过来。

"真是太好了！"姑图·谷鲁彼说。

接着，她向窝尼睦讲述了他们分手后，哈里发囚禁自己的遭遇。

"我和哈里发谈了我们之间的真实情况，得到了他的信任，赦免了你的一切罪行，并且把我无条件地送给你。"姑图·谷鲁彼告诉窝尼睦。

大家听到这个消息很欢喜。

姑图·谷鲁彼回宫后，找到宰相张尔蕃，拿回窝尼睦的箱子，取出一笔钱交给商人，让商人给窝尼睦母子三人买最好的衣服，然后再带他们去香薰沐浴，煮最好的滋补汤喝。

三天后，他们恢复了以往的精神。姑图·谷鲁彼让他们穿戴整齐，在商人家等候，自己进宫报告哈里发。

"我历经千辛万苦找到了窝尼睦，他和他的母亲、妹妹都住在商人家呢。"她禀告哈里发。

"那就快点儿带他们来见我吧，我为我所做的一切感到羞愧！"说完，哈里发就命宰相张尔蕃带人去商人家接他们。

姑图·谷鲁彼迅速回到商人家，告诉窝尼睦哈里发要召见他的消息，并且嘱咐他进宫后要镇定机灵，多说恭维话，并让他穿上最华丽的衣服，又给他带上许多金钱，好让他打点哈里发的随从。

一切准备好后，张尔蕃也到了商人家。窝尼睦跪在地上迎接他，用一些美丽的语言祝福他。

张尔蕃自然十分高兴，便带窝尼睦进宫去见哈里发。窝尼睦用最尊贵的礼节拜见了哈里发，并用最动听的语言赞美一番。哈里发钦佩他的口才，让他讲一讲自己的情况和遭遇。

窝尼睦按照哈里发的示意，坐在他的身旁，讲述自己到巴格达经营生意，在坟茔中救姑图·谷鲁彼，后来被抄家流浪的详细经过。

哈里发听后，觉得他是一个忠诚的老实人，没有欺骗他，就赏赐给他一套十分华贵的衣服，并且请求窝尼睦原谅自己。

"我的主人，我和我手中的一切都是属于您的，无论您赐予我什么样的生活，都是对我最大的奖赏！"窝尼睦知道哈里发相信了自己所说的一切，恭维地说道。

听了窝尼睦的话，哈里发感到无比欣慰，于是吩咐下人腾出一幢宫殿给他，让他把母亲和妹妹接来一同居住。

哈里发听说窝尼睦的妹妹长得十分美丽窈窕，便向窝尼睦提亲，要娶她为妻。

"我是您忠诚的奴婢，她也是您忠诚的奴婢，我们听从您的安排。"窝尼睦对哈里发说。

哈里发听了窝尼睦的话，兴高采烈地赏了他一千个金币，立即写下两份婚书，一份是哈里发娶裴特娜·凡丽黛为妻，另一份是将姑图·谷鲁彼许配给窝尼睦，并邀请了证婚人和法官，随后举行了盛大的婚礼。

他还吩咐下人记录了窝尼睦的经历，这就有了后来人们口中传说的窝尼睦和姑图·谷鲁彼两个年轻人恩爱到白头的千古故事。